Der Deprimist

Kurzgeschichten und Prosa

AF188248

Impressum:

© 2019 Bernhard Schmitt
Herstellung und Verlag: BoD – Books on Demand,
Norderstedt

ISBN: 9783749466528

Eine Art, Leben

Der Wecker klingelt. Ich wälze mich träge, mehr schlafend als Wach herum. Bisher habe ich beschissen gepennt. Wenn man das überhaupt so nennen kann. Draußen ist es schon hell, kolonnenweise rollen Fahrzeuge über die Straßen. Das Rauschen der Reifen, die Motoren und Windgeräusche erfüllen die Luft. Erst zwitschern die Vögel, dann rauscht der Verkehr. Ich weiß nicht was schlimmer ist. Für mich ist das alles Lärm. Im Flur lamentieren die Nachbarn. Eine ist aus Italienischem Hause. Sie ist wohl sehr nett, nicht das ich sie oft zu Gesicht bekomme, was aber nicht an ihr ihr liegt, sondern meinem Wunsch nach Einsiedelei. Auf jeden Fall spricht sie laut und quäkig und wie ein Wasserfall. Soll ich aufstehen? Warum denn? Wofür, für was? Um Hellwach den Tag zu überstehen? Ich drücke den Wecker aus, schließe die Fenster, lasse Wasser und begebe mich wieder ins Bett zurück um zu schlafen.

Stunden Später wache ich auf. Soll ich jetzt aufstehen? Ich bin immer noch sehr verdöst, aber, dieser Zustand, dösig zu sein, ist schon normal. Eigentlich nehme ich das auch gar nicht so wahr. Es ist mir egal.

Wieso müssen die immer auf dem Flur quatschen? Mir geht das auf die Nüsse! Ewig reden die da, lachen, tratschen. Demnächst trinken die noch Kaffee auf´m Flur! Leider finde ich das nicht lustig.

Meine Augen wollen nicht aufgehen. Schlafen kann ich nicht mehr, Richtig wach werde ich auch nicht. Ich warte darauf, das es trotzdem passiert. Das ich wach werde, richtig wach, hellwach. Das alle Sinne voll da sind, das man sich so fühlt, vollkommen klar zu sein. Aber es stellt sich nicht ein, wie schon seit Wochen.

Ich weiß nicht, was ich noch machen soll. Ist immerhin etwas, was ich weiß. Das Telephon klingelt. Wieso ruft mich jetzt jemand an? Ich schleppe mich zum Telefon. Nummer unbekannt. Scheiße Ich geh nicht dran und lass mich wieder ins Bett fallen, kuschel mich in meine warme Höhle aus Geborgenheit, die mich vor der brutalen Welt schützt.

Ich sollte etwas tun, irgendetwas! Ich wüsste, was ich tun könnte. Aber bin ich gut genug dafür? Gut genug für Alles? Ich muss irgendetwas machen. Ich drehe mich um. Aufstehen wäre ein Anfang. Ich will nicht. Ich will gar nix, ich will alles. Will nichts. Ein profaner Grund zum aufstehen wäre nicht schlecht. Ich könnte was essen. Was habe ich denn noch im Kühlschrank? Nichts Fertiges, ich müsste was kochen. Hab aber nix zum drin Kochen. Ich müsste erst spülen. Ätzend. Was Fertiges einkaufen? Dann müsste ich in die Stadt fahren. In den Stadtverkehr, raus aus dem Haus, in die Nachbarschaft, unter Leute. Menschen generell. Wie sie mich dann alle wieder ansehen werden! Von oben bis unten mustern sie mich. Sie bräuchten das gar nicht mehr, denn sie halten mich eh für einen Freak, oder einen Penner. Am liebsten würden sie mich von hier verbannen. Einst ein IT-Spezialist, jetzt Hartz vier. Ich passe hier nicht mehr hin, in den Speckgürtel meiner kleinen spießigen Provinzstadt, Refugium derer, die es „geschafft" zu haben scheinen. Ich mit meiner ganzen Freizeit, meinen Freakfreunden. „Der schläft den ganzen Tag, macht nix", höre ich sie sagen,"glotzt den ganzen Tag!". Ich habe noch nicht mal einen Fernseher.

Auf den Straßen benehmen sich alle wie Idioten. Es ist verstopft, voll, laut und eng. Ich hasse Berufsverkehr! Soll ich also wie ein getretener Hund durch mein viertel zum Auto schleichen, um im Berufsverkehr einen klaustrophobisch induzierten Nervenzusammenbruch zu bekommen? Ich schlage dann immer auf das Lenkrad ein und schreie wie ein Irrer im Auto herum und denke dabei gelegentlich an Amok.

Also, was soll ich jetzt machen?

Eigentlich müsste ich noch Anträge und Formulare bearbeiten, mal eine Bewerbung schreiben, all so was eben. Irgendetwas muss ich machen! Ich könnte ne` Menge, aber was will ich eigentlich? Ich dreh mich nochmal rum, kuschele mich ins Kissen, schlinge die Decke eng um meinen Körper und schließe meine Augen. Ich hab keine Ahnung, was ich will und es ist mir auch egal. Es ist mir egal auf eine Weise, tja, das es mir egal ist, ist mir egal. Das Egalsein, egal sein lassen. Ich bin mir noch nicht mal sicher, was mir eigentlich egal ist. Was ist das überhaupt, dieses „egal"? Ich glaube ob etwas egal ist oder nicht, spielt mir schon keine Rolle mehr. Es ist bedeutungslos. Nichts hat mehr eine Bedeutung, oder auch nicht. Mir ist gar nichts mehr so richtig klar.

Ich kann einfach nichts anderes mehr, als hier zu liegen und Atmen. Das reicht aber auch. Ich könnte hier ewig liegen bleiben. Für immer, wie Dornröschen. Vielleicht küsst mich ja jemand wach. Wach bin ich schon. Wach genug um zu wissen das ich wach bin. Wach. Ich habe meine Augen auf und sehe nach draußen, um nach innen zu sehen. Wacher gehts halt nicht.

Das Telephon klingelt schon wieder und versucht mich aus meiner Lethargie zu reißen. Ich will von der Welt nichts mehr wissen! Lasst mich gefälligst in Ruhe! Ich hasse Menschen, Dinge, ALLES! Es ist nicht wirklich Hass, doch wünsche ich mir das alles weg. Ich wünsche mich selbst weg von hier. An einen Ort, der aus Nichts besteht. Ein Ort ohne Regeln, Grenzen, Zeit und Pflichten. An den Ort, tief in mir.

Zeit darauf verschwenden zu müssen um Dinge zu tun, Gedanken zu denken die ich nicht will. Es fühlt sich an wie eine geistige Zwangsjacke. Ein Gedanken-Korsett. Ich will keine Formulare ausfüllen, ich will nicht acht Stunden im Büro herum sitzen und vor Langeweile vergehen. Ich will nicht putzen und aufräumen.

Wie sähe denn eine Sinnvolle Tagesgestaltung aus, oder könnte :

08:30	Aufstehen, Frühstücken, Morgentoilette, Tageszeitung
09:30	Papierkram, Finanzamt, Rechnungen, usw...
10:30	Kundenakquise, Konzeptausarbeitung, Leute anrufen
12:30	Mittagspause
14:00	Musik machen, generell kreatives Schaffen, Kundenbesuche, Trainings, usw...
17:00	Sport, putzen, aufräumen, Wäsche machen, usw...
20:00	Freunde treffen, entspannen, Film gucken, usw...
23:00	Bettfertig machen, lesen
01:00	Schlafen

Und so sieht´s aus :

ca. 13:43	Das erste Gefühl von Wachheit (erste Aufwachphase)
ca. 14:00	Man schläft nochmals ein (Nachschlafphase)
ca. 14:30	Man kann nicht mehr fest einschlafen, döst aber noch vor sich hin (Schlummerphase)
ca. 15:00	Das Bewusstsein scheint voll da zu sein
ca. 15:00:00:01	In diesem Augenblick wird mir klar, was ich alles sinnvolles tun müsste und

habe sofort keine Bock auf all das und wünschte mir, ich wäre irgendwoanders

ca. 15:30	Ich bin irgendwo anders, tief in mir drin, angekommen
ca. 16:00	Ich will nicht aus mir und vor allem dem Bett nicht raus
ca. 16:30	Ich stehe, warum auch immer, tatsächlich auf und ziehe mich an
ca. 16:45	Einkaufen, Videos ausleihen, Essen und Videos gucken
ca. 20:00	Endlich leicht angesoffen. So angesoffen, das mir egal ist, ob ich weiß was dieses Wort bedeutet, oder nicht
ca. 20:15	Ich nehme die Klampfe in die Hand und mache tatsächlich Musik. Nichts tolles, aber es reicht, um sich emotionalauskotzenderweise abzureagieren
ca. 01:00	Endlich total besoffen. So besoffen und in einem geistig pathologischen Zustand, das mir egal ist, ob mir egal ist, das mir etwas egal ist oder nicht und darüber hinaus. Ich spiele Computer und kann dabei total klasse abschalten, mich entspannen und abreagieren. Ich bin vollkommen in einer anderen Welt und genieße es. Ich sollte ins Bett gehen, kann aber nicht schlafen, wie die ganzen letzten Wochen
ca. 07:00	Ich bin so fertig, besoffen und lädiert, das ich endlich pennen kann.

Sind natürlich nur Extreme, die allerdings nicht so weit von der Realität abschweifen, als noch Gesund wäre. Dieser Gedanke der Gesundheit liegt mir derzeit allerdings fern. Er gehört zu der Sorte Gedanken, die ich am liebsten einfach abschalten möchte. Was ist gut für mich, was schlecht, die sind so weit weg, wie der Mars. Ich werde immer fetter und mein Verdauungssystem dreht auch ab. Kurzum, mein Körper geht vor die Hunde. Ich habe keine Lust, was dagegen zu tun. Mir gefällt das zwar nicht, aber was soll´s.

Das Telephon klingelt schon wieder. Meine beste Freundin ruft an. Soll ich jetzt ans Telephon gehen?

„Hi....naja, geht so.....nee, ich bin heute lieber allein......ja ich weiß.........nein, ich weiß nicht wie lange noch.......ja, ja, es geht schon, ich melde mich.....alles klar...Danke! Dir auch...und viele Grüße...ja, ciao...“ (´klick`)

Was wollen die eigentlich alle von mir? Ich mag sie ja auch, aber ich will mir das nicht schon wieder anhören. Es geht einfach nicht. Sie kann das derzeit nicht verstehen. Sie akzeptiert es, kann es aber doch nicht verstehen.

Ich bin ohnehin nicht so ein Gesellschaftsmensch. Viele brauchen ständig irgendwelche Leute um sich rum. Mir geht das auf die Nüsse. Meistens ergehen sich Gespräche in Oberflächlichkeiten. Sogar die meisten Leute sind langweilig. Vielleicht bin ich selbst oberflächlich, das ich Menschen so sehe oder betrachte, oder so mit ihnen umgehe. Ich bin halt ein Klugscheißer, weiß alles besser. Nützt mir alles nix. Alles vermeintliche Wissen nützt mir gerade nix. Letztendlich kommt eh immer das Selbe raus.

„Naja, mach halt mal wieder was. Du kriegst das schon hin! Also, was ich dir noch erzählen wollte...“ und dann geht das weiter, blablabla...

Wir trinken dabei immer Wein. Besser ist das, sonst würde ich vom Balkon springen. Ich kann das sonst nicht ertragen. Wenn sie nicht mit ihrem Partner klar kommt, dann kann man da ne Menge machen, wenn man denn will. Will sie aber nicht, sonst hätte sie es schon probiert und würde mir nicht ständig davon erzählen. Also, warum soll ich mir das immer und immer wieder anhören? Sie ist halt meine beste Freundin und ich mag sie sehr gerne. Es tut mir im Grunde sogar leid so zu sein, ich hasse mich sozusagen dafür. Ich kann da nur nix machen. Auch das Wort „Begeisterung" hat sich in Bedeutungslosigkeit verloren.

Ich fühle mich einsam. Ich könnte das ändern, will aber lieber allein sein.

Schon wieder klingelt das Telephon. Scheiße

„Ja hi.....nee, hab ich vergessen.....tut mir leid....ich weiß, ich weiß.....jetzt bleib aber mal locker! Du bist auch ganz schön verplant, ja.....ja, ist schon ok....Ich mach mich auf den Weg, bis gleich...ja, tschö..."

So ein gottverdammter FUCK!

Eine der Sachen, die ich immer wieder versuche zu verdrängen, holt mich ein. Ich muss jetzt arbeiten...ÄTZEND!

Nicht Arbeit generell, sondern DIESE Arbeit, unter diesen Umständen.

Mit jemandem zusammen arbeiten, der beginnt senil zu werden, ist kein Spaß! Er vergisst die Hälfte . Jedes Treffen beginnt immer wieder mit Wiederholungen. Als wäre ich ein blödes Erinnerungs-Tonband. Und da gibt es nur Sachen zu erledigen, die tdöde sind. Immerhin habe ich jetzt einen Grund, vor die Tür zu gehen und auch mal einzukaufen. Allerdings hab ich da keinen Bock drauf. Der Straßenverkehr, die ganzen Leute im Laden. Ätzend. Vor allem muss ich mit denen reden. Ich will aber nicht reden. Jedes Gespräch geht mir auf die Nerven. Es versteht mich sowieso kaum jemand. Das lesen von Büchern und die Bemühungen um korrekte Sprachverwendung und Artikulation sind nicht mehr en vogue. Das merkt man auch. Dann noch in den dunklen Laden runter und Arbeiten.

Ich leg mich wieder ins Bett, nachdem ich mich bei diesen Gedanken widerwillig angezogen habe. Ich habe noch zehn Minuten. Aus den zehn Minuten werden zwanzig, ohne das ich das merke, weil ich weggedöst bin. Ich will zum einen überhaupt nicht und bin auch noch zu spät. Ich mache mir furchtbare Gedanken übers zu spät kommen. Ich komme immer zu spät, zu allem und jedem. Ich versuche wirklich immer pünktlich zu kommen, schaffe das aber nie. Mir kommen zehn Minuten manchmal wie fünf vor. Was soll man denn da machen? Soll ich jetzt fortwährend auf die Uhr starren? Dann schaffe ich auch nix. Einen Wecker, der alle zehn Minuten klingelt? Nee! Das Ding würde ich nach spätestens einem Tag in die Tonne kloppen. Ich kann mit Zeit nun mal nicht umgehen. Wie soll ich das nur irgendwem erklären? Und wenn ich's täte, würde es jemand verstehen oder überhaupt interessieren? Kein Mensch fragt danach. Die einzige Entschuldigung für zu spät kommen ist „höhere" Gewalt. Also irgendein Unglück, Biblischen Ausmaßes.

Wenn die Probleme bei mir liegen, und für mich auch tatsächlich Probleme sind, mit denen ich mich schlecht fühle, und trotz des Versuches der Besserung, dann interessiert das keinen. Dann bin ich eben ein Idiot oder Trottel. Schlimmstenfalls, bekommt man noch schnöde Tipps. Als hätte man das alles nicht schon ausprobiert, was man so zu hören bekommt. Wenn man dann erwähnt, das es nicht funktionieren würde, erntet man beleidigte Blicke. Das könne ja gar nicht sein, man hätte nur etwas falsch verstanden. Nee, hat man nicht, man hat es schon ausprobiert und festgestellt, das nix was hilft. So kann es eben auch laufen. Manches mal beneide ich viele Menschen um ihre simple, beinahe primitive Einfachheit. Ich würde ja auch ein Schlaflabor aufsuchen, aber was wenn der Chef davon erfährt? Da kann ich auch gleich gehen. Abgesehen davon kann ich mir das eh nicht leisten.

So hetze ich mich mit dem Auto durch die Gegend und kann von Glück reden, wenn ich keinen Unfall baue. Ich fahre wie eine Drecksau und bin wirklich sehr gestresst. Ich verfluche alles und jeden. Meine Gedanken landen bei der Betrachtung des tieferen Sinnes von Amok, und in diesem Zusammenhang kann ich, in diesem Augenblick, tatsächlich einen gewissen Sinn dahinter finden. Ich glaube es könnte eine Art Bedürfnis sein, wie jedes andere auch. Wie Essen, Atmen, Schlafen und ausgewählte Gesellschaft. Warum auch nicht? Warum sollte man nicht einfach mal das Gefühl haben dürfen, alles einfach auszulöschen, weil man sich davon bedroht und beengt fühlt. Und das meine ich ernst! Bedroht und beengt! Sie bedrohen mich mit ihren Blicken und ihrem Verhalten mir gegenüber. Ich bin nun mal anders und wollte das auch immer sein. Das habe ich jetzt davon! Manchmal kommt man sich wie ein Vogelfreier vor. Als wäre man Freiwild. Die meisten Menschen können einfach nicht anders, als jedes bisschen Macht zu nutzen, und sei es nur um sich abzureagieren. Wer ist dafür besser geeignet, als ein geschwächtes menschliches Subjekt? Wie bei den blöden Hühnern wird rumgehackt. Tolle gebildete Zivilisation. Tolle Kultur und so weit entwickelt, vor allem geistig. Evolution? Fehlanzeige. Sieht alles nur hübsch aus.

Kaum kommt man mal in ein Gespräch, mit Hoffnung auf Tiefgang, stellt mein Gegenüber fest, das ich eigentlich relativ unkompliziert bin und durchaus zu inspirieren weiß. Nach so einem Gespräch wird man bestenfalls nicht mehr als Freiwild betrachtet. Komisch oder? Oft kommen mir Menschen so feindselig vor, das ich mich tatsächlich bedroht und beengt fühle. Mir kommt in solchen Momenten der Gedanke an einen Rugby-Spieler, der sich vollkommen wahnsinnig geworden, durch die gegnerischen Reihen kämpfen will. Meistens fällt es mir leicht, die Kontrolle über diese Art Wut zu behalten, aber manchmal drehe ich im Auto völlig durch. Das schlimmste daran ist der Wunsch, sie eigentlich gar nicht beherrschen zu wollen, sondern seine Wut fließen zu lassen. Im Auto geht das halbwegs. Ich schreie dabei infernalisch rum „Fahr schneller du bepisstes Aaaaaarrrschloooch!! Laahmaaarschige Dreeeeecksauuu!!!" Also nichts besonderes, aber eben mit vollem Einsatz und dem Gefühl von Wahnsinn.

Es ist ein Wunder, das mein Lenkrad noch ganz ist. Manchmal möchte ich nicht bremsen, sondern richtig auf´s Gas treten, um dem Arsch vor mir voll reinzufahren! Ich mache das natürlich nicht, aber mich hält nicht meine Moral davon ab es zu tun, sondern ausschließlich finanzielle Aspekte. Hätte ich mehr Geld, hätte ich das schon ein paar mal öfter gemacht. Meistens kriege ich es irgendwie kompensiert, brauche aber ne Weile dafür. Ich will dann mit niemandem reden. Ich werde dann sehr pampig und ungehalten. Das ist natürlich unfair, interessiert mich in solchen Momenten aber genauso wenig, wie andere mein Problem mit Zeit umzugehen. Tut mir leid.

Ich reagiere genervt, auf alles, was mir gesagt wird. Vor allem, wenn ich jemandem in so einer Stimmung auch noch was erklären muss und mein Gegenüber einfach nix rafft, oder nicht bei der Sache ist, dann werde ich beinahe ausfallend. Früher war das noch schlimmer. Da musste ich keine fünf Kilometer zur Arbeit fahren, sondern hunderte(!) Kilometer am Tag, bzw. täglich(!!!)   über   Jahre   hinweg. AAAAAAAAHHHHHHHHH!!!!!

Blöderweise war es hier nicht möglich, sich gehen zu lassen. Den ganzen Tag habe ich den Kram in mich hineingefressen. Abends kam ich nach Hause und habe mich sehr weit weg gewünscht. Wie soll man denn damit auch umgehen?

Oft habe ich das Gefühl, Schwierigkeiten mit meiner Wahrnehmung zu haben. Werden diese Dinge von anderen denn nicht gesehen? Wenn ich von meinen Wahrnehmungen erzähle, leuchtet es ein. Nützt aber wieder nix. Ich habe nicht so viele

Filter wie andere, oder mehr meinetwegen, wie auch immer. Ich brauche ziemlich lange, um die ganzen ungefilterten Eindrücke zu verarbeiten. Stunden und Tage bisweilen. Ich will dann einfach niemandem begegnen, mit niemandem verkehren. Einfach überhaupt keinerlei zwischenmenschliche Kontakte, gleich welcher Art. Das braucht seine Zeit, aber dafür bekommt man auch viel Offenheit und Einblicke, die andere vielleicht nicht so erleben.

Leider geht das nicht immer. Meistens muss ich mit meinem vollgestopften Geist mit irgendwem umgehen. Grässlich! Es fühlt sich an, als würde man in ein soziales Rollen-Korsett eingeschnürt. Als würde einem die Luft ausgehen, wie Ersticken fühlt sich das an. Ein Gefühl wie Platzangst. Man möchte raus, fliehen, weg, unter allen Umständen! Man braucht Raum, Platz, Luft und Leere.

Am liebsten würde ich alle von mir weg schubsen, die Vorstufe von dem Amokgefühl.

Und so quält man sich durch den Schlick sozialer Animositäten und dem Morast menschlicher Oberflächlichkeiten.

Ich frage mich manchmal, ob ich nicht zu kompliziert bin. Zumindest denke ich das manchmal, oder dachte es vielmehr. Eigentlich fühle ich das aber nicht so. Warum die meisten glauben, sie müssten mir drei Stunden was erklären, was ich schon längst weiß? Mache ich den Eindruck, völlig blöde zu sein? Hält man mich für blöd? Ich glaube manchmal schon. Ich stelle nun mal viele Fragen. Was die Leute gar nicht merken, ist, das ich mit meinen Fragen immer auch etwas auslöse, Dinge, die vielleicht auch unangenehm sind. Vielerlei Unwissen hat sich so schon offenbart. Aber meistens scheitern Gespräche daran, das meine Partner nicht wünschen, sich in Tiefgründigkeit zu „verlieren". Smalltalk ist für den Einstieg, keine generelle Gesprächsgrundlage. Viele verstehen das nicht. Man fängt an übers Wetter zu reden, um später über etwas ganz anderes zu

reden. Natürlich bin ich ein Klugscheißer, aber das stört mich nicht. Wenn ich im Unrecht bin, dann sehe ich das schon ein irgendwann. Ich provoziere gerne, nach Möglichkeit Charmant. Unglaublich, wie viele damit ein Problem haben und sich tatsächlich beleidigt fühlen. Auf einmal fühlen sie sich in die Ecke gedrängt, von einem Klugscheißer, den sie für blöde gehalten haben. Dieses Gefühl, für blöde gehalten zu werden, erscheint einem irgendwann als wahr und man fängt tatsächlich an sich blöde zu benehmen, ohne wirklich zu wissen warum. Es ist wie eine selbsterfüllende Prophezeiung
Man beginnt totalen Unsinn zu reden, stottert und fuchtelt dämlich mit den Händen herum. Innerhalb kürzester Zeit merkt man, wie das Gegenüber abschaltet und gereizt, bzw. genervt scheint. Man versucht das Gespräch wieder in Gang zu bringen. Währenddessen fragt man sich, wie man mal wieder in so eine dämliche Situation gelangen konnte. Man versteht einfach nichts mehr, hat einfach den faden verloren. Resignierend stellt man fest, das man wieder mal nicht verstanden wird, diesmal allerdings nicht ganz grundlos, was man allerdings trotzdem nicht versteht. Verzweifelt sucht man nach Worten, die die Situation retten könnten, doch man spürt es ganz deutlich, die Sache ist gelaufen. Hier ist nichts mehr zu holen, das Gespräch ist gestorben. Das fühlt sich an, als ob auf einmal die Telephonleitung abgerissen wäre. Als würde man urplötzlich vor einem Wildfremden Menschen stehen, den man noch nie gesehen hat. Ein Gefühl der Ablehnung, Abneigung strömt einem entgegen.
Das Gespräch haben wir ja beide angefangen. Meinem Gegenüber ist die Enttäuschung des Gesprächsverlaufes mehr als deutlich anzusehen. Man meint sogar dessen Gedanken hören zu können : „Keine Ahnung, was du Vollidiot hier wieder für nen Müll verzapfst! Spinner!", usw....
Was kann ich denn dafür, wenn die Pfeife zu wenig Grips hat,

um meinen Ausführungen zu folgen? Natürlich ist das gemein, aber solche Gedanken kommen mir dann schon. Damit einher geht auch, schlimmstenfalls, das Gefühl der Ablehnung meinerseits. Wir werden also nicht mehr lange versuchen miteinander zu sprechen. Das ist leider nicht so wie beim Flirten, wo man merkt, ob man sich anziehend findet und nur aus Verlegenheit keine Worte findet. Eine solche Situation ist easy, die andere nicht. Man schafft es nun auch kaum, sich zu lösen, aus Furcht unhöflich oder sogar beleidigend zu sein, sollte das bis hierher noch nicht geschehen sein. Das schweigen drückt sehr. Was tun?

Ich sage etwas und versuche dieses Etwas mit einem Abschied zu verbinden, oder einer Verpflichtung, welche einen Ortswechsel verlangt. Ich bekomme eine düpierte Antwort, die neutral klingen wollte, es aber nicht geschafft hat. Wir werden in Zukunft wohl nicht mehr so oft reden. Eigentlich schade, aber so sieht es eben aus.

Jetzt ist man vollends so verunsichert, das man sich wirklich wie ein Blödian benimmt.

Wer will schon gerne ein Blödmann sein?

Ich kann aber auch nicht verhindern, das mir andauernd Sachen passieren, die andere, die mir nicht zwangsläufig egal sind, denken lassen, ich wäre einer. Zu Hause einschließen für immer wäre eine Maßnahme. Aber ich kann doch nicht immer die Klappe halten oder?

Doch!

Und das mache ich auch schon eine ganze Weile. Ich höre erst mal zu, bevor ich zu erzählen anfange. Oft brauch ich dann gar nix sagen, was bisweilen sehr praktisch sein kann. Eigentlich geht mir das auf den Keks, aber was soll man denn machen? Kaum das ich meinen Mund aufmache, ernte ich fragende Blicke. Irgendwie habe ich Probleme mit Smalltalk.

Mich interessiert das aktuelle Popkulturelle Geschehen

überhaupt nicht. Ich habe keinen Fernseher und bin nicht unglücklich darüber. Manchmal gucke ich mir einen Scheissfilm nur deshalb an um überhaupt noch bei irgendwas Unverfänglichem mitsprechen zu können. Es ist nicht so, das in der Glotze nur Bullshit laufen würde, doch um ausgewählt Fernzusehen müsste ich mich mit dem Programm beschäftigen und für all das ist mir meine Zeit zu schade. Ich könnte über vieles reden, nur nicht über all das, was die meisten Menschen interessiert.

Ehrlich gesagt, kann ich auch nicht verstehen, wie man sich Stundenlang über die derzeit aktuellen und beliebten geistlosen TV-Sendungen(-Shows, -usw...) unterhalten kann. Brot und Spiele, es ist wie früher. Ich bin selbst auch nicht besser. Im Grunde will ich das gleiche. Aber ich denke es macht schon einen Unterschied, welche Spiele man spielt.

Was das Brot anbetrifft, so bin ich endlich im Laden angekommen um zu Arbeiten.

Diese Arbeit ist allerdings nicht so der Hit. Ich muss mich dringend irgend woanders bewerben.

Heute ist das aber nicht mehr so einfach wie früher. Heute muss man sich richtig Mühe dabei geben.

Total bunte Mappen hab ich mir ausgedacht. Ich kam mir dabei blöde vor. Wie in der Gaga-Bastelstunde. Was finden die an diesem Mappengebastele, deren Endprodukte meinen damaligen Elaboraten aus dem Werkunterricht der Grundschule ähneln? Grundschulmäßige Mappen für eine Stelle als Systemberater? Komisch. Komisch oder seltsam, ich kann mich nicht entscheiden. Zum Vorstellungsgespräch könnte ich mich passend in bunte Latzhosen kleiden oder mir vielleicht ein paar süße Zöpfchen flechten, wie wär das denn? Oder ich gehe in dem Aufzug mit einer Mappe in Form einer Schultüte dahin, dann wäre das geforderte infantile Bild komplett. Würde ich Schlosser werden wollen, würde ich meinen Lebenslauf in einen Amboss gravieren und wegschicken. Ist doch mal was anderes und total kreativ oder? Nein? Keine gute Idee?

Alltag

Wann fängt ein neuer Tag an? Mitten in der Nacht, wenn das Bier sich meldet, was man am Vorabend sich vornahm, nicht zu trinken, oder beim erwachen durch die von den Nachbarn betätigte Spülung, deren Rohr direkt durch das Zimmer zu laufen scheint?

Womöglich aber fängt ein neuer Tag gar nicht an und alles bleibt irgendwie beim alten, ersten Tag überhaupt.

So oder so plärrt am nächsten Morgen, wenn es ihn denn tatsächlich geben sollte, der elende Wecker. Wäre es nicht schön, von den warmen strahlen der Sonne und den melodiös zwitschernden Vögeln wach zu werden? Das ist wohl der romantischste Unsinn den sich jemand mal ausgedacht hat.

Selbst in der Steinzeit war das mit Sicherheit nicht so. Im Sommer fängt der Steinzeitmensch in seinem elenden, nach altem Puma riechendem Bärenfell, furchtbar an zu schwitzen und zu stinken, sobald die Sonne den Himmel verbrennt. Im Winter friert er einfach und merkt gar nicht ob er schläft oder nicht. Und das Gelärme, was als Vogelgezwitscher bezeichnet wird, ist im Grunde eine Interpretation avantgardistischer Zwölfton-Musik, gespielt von einem bekifften Trillerpfeifen-Orchester. Es ist eigentlich unerträglich.

Der neue 24std. Zyklus, nennen wir es ab jetzt „Tag", dessen erste Stunden allgemein hin als „Morgen" bezeichnet werden, beginnt also in jedem Fall, als akustische Horrorvision.

Automatisch, wahrscheinlich auch ein Relikt aus der Steinzeit, beginnt man auf den Krachmacher einzudreschen. In der Regel ist der zivilisierte Mensch aber bestrebt den „Schlummer-Knopf", oder auch „Snooze" genannt, so präzise wie möglich mit seiner gesamten Handfläche oder geschlossenen Faust, bündig zur Tapete und mitsamt Wecker, in die Wand zu integrieren. Misslingt dies, so wird das Gerät zum Überschall-

Wurfgeschoss, dessen Flugrichtung zumeist in Richtung des lärmenden flugfähigen Viehzeuchs draußen weist. Dank der modernen Technik, ist es aber nun möglich, Wecker Tresor-stabil zu bauen, so dass, nach erfolgreichem drücken der Schlummer-Taste, der Wecker voll-a-u-t-o-matisch nach neun Minuten aufs neue krakeelt. Diese Zeit ist wichtig!!! Sie reicht genau aus um gerade wieder eingeschlafen zu sein, bevor das Rappeldingen in einer Minute wieder abgeht wie eine Türglocke auf Crack. Also beginnt der Terror, da die letzten neun Minuten im Tiefschlaf verbracht, noch mal von vorn. Das kannten die Steinzeitmenschen nicht. Hat sie was geweckt, haben sie draufgehauen, war's still. Ende. Ein hoch auf die Technik und die Marketing-Heinis, die irgendwem verklickert haben, wir bräuchten so was, baut so was. Die Leute vom Marketing bekommen ihre Inspirationen, Visionen und tollen Ideen eh aus der Hölle.

Nachdem das Scheißding von Wecker also mittlerweile, mit Unterbrechungen (Snooze), seit einer halben Stunde trällert und wir jetzt endlich, durch das Bewusst werden von nun mehr einer halben Stunde Verspätung, wach geworden sind stehen wir also auf. Um direkt danach, weil es sich nicht mehr lohnt zur Arbeit zu gehen, gleich krank machen. Sieht auch besser aus, als völlig kaputt und verranzt zur Arbeit zu erscheinen. Außer es ist Montag. Die Gedanken überschlagen sich: „Krank machen? Zur Arbeit gehen? Scheiße!" Also, kein Frühstück, keine Dusche, die Unterwäsche von gestern und mit 160 Sachen und Lichthupe auf der Autobahn in das Stau-Ende quietschen. Die Vernunft hat wieder mal gesiegt. Noch mal ein paar Schritte zurück, schließlich sind wir gerade erst aufgestanden.

Als wach und bewusst lässt sich der augenblickliche Zustand noch nicht beschreiben. Das wird den ganzen Rest des Tages auch so bleiben.

Der Tag beginnt also am Abend vorher. Diese Erkenntnis kommt aber leider zu spät, wie jeden Morgen. Nun gut, mal angenommen man hätte nicht ganz so schlimm verschlafen, steht man trotzdem so auf, das man für alles das was man noch machen will, wie Frühstücken, Duschen, Kaffee trinken im Grunde keine zeit mehr hat, was einen dennoch nicht davon abhält es zu tun. Also siehe oben, das Thema mit dem Stauende. In Eile wird man eh sein, obwohl es bisweilen in hysterische Hektik ausarten kann, die einer Flucht vor einem ausbrechenden Vulkan gleicht.

So, jetzt aber noch mal zurück zum Thema aufstehen.

Nachdem man nun, wie auch immer realisiert hat, dass das Aufstehen unabdingbar ist und in unmittelbarem Zusammenhang mit dem Inhalt des Kühlschrankes und der Art des Obdaches steht, räkelt man sich gequält durch die Laken Richtung Bettkante. Dort angekommen wird in Zeitlupe ein Fuß neben den anderen gesetzt und der Kopf theatralisch in die auf den Knien abgestützten Arme geworfen. Total verdöst fummelt man sich durch die Haare und beginnt sich irgendwo zu kratzen. Siehe auch: Steinzeitmensch.

Trotz des Entschlusses, die Sache mit dem Aufstehen wirklich knallhart durch zu ziehen, fällt man rückwärts wieder aufs Bett und murmelt irgendwelche Flüche und Verwünschungen zu einem Gott, den es aufgrund der Tatsache, das es derartige Situationen überhaupt gibt, gar nicht geben kann. Den Teufel somit auch nicht, was einen wieder zu der Feststellung des Vorabends bringt: Die Welt ist einfach so wie sie ist, scheiße.

Sich seitlich, wie eine alterskranke Robbe, windend und grotesk rollend aus dem Bett bewegend, vollendet man den Akt des Aufstehens, nun mit einem unendlich lang anmutenden Sturz von der Bettkante.

Obwohl man des Nachts schon zweimal war, zieht es einen zur Toilette, als gäbe es etwas umsonst. Das es nichts umsonst gibt, vor allem Abende wie der letzte, erzählt dir auch der Spiegel. Er sagt dir: Du bist Karl Dall! Auch wenn es der Anlass gebieten würde, bist du einfach zu schwach zum schreien und quittierst dein Antlitz, mit allmorgendlicher, analog zu jedem Tag den du älter wirst, steigender Gleichgültigkeit. Eigentlich ein Grund für Depressionen, aber das ist mittlerweile auch schon egal.

Der nächste Weg führt in die Küche in der du dir deine noch krossen Smacks, außer in der Schüssel, auch noch in der halben Küche verteilst. Mit knirschenden Smacks unter den Socken von vorgestern, schlurfst du ins Wohnzimmer und löffelst dir die, inzwischen völlig verschlammten Smacks, in deinen trockenen Hals. Während des Frühstücks macht man sich Gedanken über eine neue Ausrede, sollte man denn doch zu spät kommen. Im Zuge dieses sich Gedanken machens, wird man so langsam endlich ein bisschen wach.

Es folgt das Standardprozedere von Zahnfleisch schmirgeln mit der längst überfälligen alten Bürste, die jeden Zahnarzt das fürchten lehrte. Da nützt auch die Zahnweißzahncreme nichts mehr. Die Wäsche liegt nicht mehr im Schrank, sondern hängt griffbereit noch am Wäscheständer. Zum Einräumen fehlt ja meist die Zeit. Die Wäsche ist gut abgehangen und aufgrund des noch immer nicht bewältigten Versuchs, das Rauchen aufzugeben, auch wohlriechend, wie weich gespülter Schwarzwälder Schinken, mit Frühlingsduft.

Duftend wie ein Lagerfeuer, gehts nun nach draußen an die Frische Luft. Die so frisch ist, als wäre sie aus dem Tiefkühlfach, obschon es längst April ist. Kaum aus der Tür wird sofort gefroren und gebibbert. Nachdem die fest gefrorenen Finger, sich nach einigen Litern Speicheleinsatz, wieder von der metallenen Türklinke des Gartentors gelöst haben, ist klar dass das erst der Anfang ist, denn das Auto ist ein Eisklotz. Beim Versuch die Tür zu öffnen, bricht beinahe der Schlüssel ab und den Türgriff scheint ein Wahnsinniger, in der Nacht, verschweißt zu haben. Also, der linke Fuß an den Kotflügel und mit aller Gewalt, an der ebenfalls festgeschweißten Tür, zerren. Die Tür springt auf, die Gummidichtungen fliegen dir ins Gesicht und du stürzt erneut. Das Auto geht ausnahmsweise anstandslos an. Den billig Eiskratzer aus dem Obi gepackt, schabst du Frost, Salz, Straßen- und Vogeldreck von der Karre und spürst bei der dritten Scheibe, deine Finger nicht mehr. Die Frost-Irgendwas-Dreck-Mischung landet auf Jacke und Schuhen um sich später auf die Sitze zu verteilen und nach dem schmelzen zu etwas zu werden, was zu beschreiben einfach nicht hierhin passt.

Endlich fertig sitzt man dann in einem Kühlschrank von Auto, was sich warm zu werden weigert.

Du fährst vom Hof und jetzt fängt der schlimmste Teil des Tages, schlimmer noch als das Aufstehen an: DER BERUFSVERKEHR!!! AAAAAAAAAAHHHHHHHH!!!!

Erbarmungslos zieht Kolonne für Kolonne an dir vorbei, mit Gesichtsausdrücken der Fahrer, die dir von deinem frühmorgendlichen Spiegelerlebnis bekannt vorkommen. Natürlich lässt dich niemand raus fahren, denn um diese Uhrzeit, sind alle wie verschlafene hungrige Steinzeitmenschen. Beherzt trittst du aufs Gas um die Karre zwei Meter hinter der Auffahrt mitten auf der Straße abzuwürgen. Statt Verständnis erntest du ein kakophonisches Hupkonzert, das seinesgleichen sucht. Nach drei Versuchen, die dich an den Rand der Verzweiflung getrieben haben schaffst du es endlich den Wagen ins Rollen zu bringen. Heute endlich mal ohne schieben.

Der Verkehr rollt, du mittendrin, du hoffst noch immer die Straßen wären frei und vergisst dabei, das Honks wie du, gerade einen Stau von mindestens 5 Kilometer überall dort verursachen, wo du auch lang fährst. Also alles im Lot. Fehlt nur noch gute Musik.

Alle deine CDs liegen in deinem Auto verstreut, weil du festgestellt hast, das an einem Arbeitstag im Radio, das

Programm, etwa alle zwei Stunden wiederholt wird, inklusive der Nachrichten. Die Nachrichten im Radio werden ohnehin nur Inkrementell aufgefrischt und aus alten Samples zusammengeschnitten. Vielleicht auch per Zufallsgenerator. Nachrichten im Radio funktionieren, wie Astrologie. Sie lassen die Formulierungen so offen, das sie immer genügend Spielraum lassen, das Weltgeschehen ausreichend darzustellen. Deine CDs gehen dir aber auch schon auf den Keks. Also ist Stille angesagt, sofern es der unterdimensionierte Motor, bei 160 Sachen, bei 4500 Touren eben zulässt. KREEEIIIISCCCHHHH.....

Zunächst geht es aber erst mal durch die Stadt. Deine Stadt ist eine der Städte mit dem niedrigsten Bildungsniveau in der Region und den meisten Schulen. In dieser Stadt scheint es bis acht Uhr eh nur Schüler und Busse zu geben, die sich auch noch durch die kleinsten Gässchen quetschen. Zu allem Überfluss gesellt sich die Müllabfuhr dazu. Ich wünschte ich hätte einen Panzer. Aber nicht zum drüberollen, sondern zum abknallen und für eine Amokfahrt. Aus zwei Minuten Fahrtstrecke werden 20 Minuten Rumsteherei. Genau dafür wurde das Auto erfunden. Immerhin ist es jetzt warm. Überhaupt ist es so, das sich jede Minute verzehnfacht, die man vom idealen Abfahrtzeitraum entfernt ist. Ein Fall für Mathematiker und Chaos-Theoretiker. Naja, endlich durch die Stadt durch, vorbei an den glotzenden Schülern, die in den Gesichtern, der im Stau stehenden, schon mal genau ablesen können, wie ihre Zukunft aussieht: Wie Karl Dall.

Rauf auf die Autobahn, zwischen den Lkws, die genau soviel Platz zwischen sich lassen, wie das Auto nicht lang ist. Bremst man sie aus, dann bekommt man ein Nebelhorn im Rücken zu hören, was einen augenblicklich an den Weltuntergang denken lässt.

Jetzt steckt man also zwischen zwei 100KmH schnellen Schrottpressen. Ein großartiges Gefühl, was nur noch von dem

Gefühl übertroffen wird, mitten in einer Massenpanik zu stecken. Das Wort „Platzangst" bekommt so eine ganz neue Bedeutung.

Das Spiel von der Hofausfahrt wiederholt sich, auf andere, rasantere Weise.

Die Dauermieter der linken Spur, allesamt Fahrer von Fahrzeugen der gehobenen Überklasse und hauptsächlich Männer, lassen dich natürlich auch nicht rein. Diesmal, nicht aus Dösigkeit oder gar Bösartigkeit. Bei Überschall fällt deine Gurke nur einfach niemandem auf.

Du fährst einfach raus bei der nächstbesten Lücke, die immerhin, 10 Meter breit ist, um deinem Hintermann, als plötzlich auftauchende Wand zu erscheinen, der selbiges lichthupend, fluchend und wild gestikulierend begleitet. Dir ist nicht klar, wie er das mit nur zwei Händen alles gleichzeitig schafft. Ihm auch nicht.

Die ersten zehn Kilometer fliegst du mit allen anderen mit, bis zur nächsten Auffahrt, wo dir plötzlich eine Wand erscheint. Verständnisvoll legst du eine Vollbremsung hin, verkneifst es dir aber zu fluchen. Weil du das einfach nicht so hinkriegst wie dein Hintermann, der es schon wieder schafft. Im übrigen wünscht der sich gerade einen Panzer. Nicht um dich zu überfahren, sondern um dich statt Kette auf die Rollen zu spannen. Er beginnt verrückt zu werden und wird einen furchtbaren Tag erleben, der damit endet, das er einen Mitarbeiter wegen seiner Schuhe feuert, 3Mrd. € in Wüstensand investiert, zu Hause seine Kinder zum ersten mal schlägt und seine Frau mit seinem Bruder erwischt. Am nächsten morgen wirst du an den verbrannten Resten seines gegen einen Pfeiler gerammten Autos vorbeifahren und den elenden Spinner verfluchen wegen dem du zehn Kilometer im Stau gestanden hast.

Nun gut die Ente vor dir ist nicht bloß eine sprichwörtliche, sondern tatsächlich ein Citroen 2CV eines Nostalgiefans der nie mehr als 105KmH fährt. In der endlosen Kolonne gefangen, wird durch die Landschaft gekrochen und du musst dich schwer zusammenreißen, nicht einfach einzupennen. Während der Sekunden die du schläfst, hast du wunderschöne Träume davon zu fliegen. Welche, kurz nach dem aufschrecken, tatsächlich beinahe wahr werden. Am schlimmsten ist es Montags und Freitags. Die totale Verkehrshölle. Vor allem bei Regen. Ein einziger Schleier, über der Autobahn und die Fahrt kommt einem vor wie ein Alptraum, aus verschwommenen bunten Lichtern. So ähnlich, stelle ich mir einen horrormäßigen LSD Trip vor. Bei solchen Fahrten, könnte man ein U-Boot besser brauchen. Das schlimmste ist, die meisten meinen, das sich ihre Uniroyal extra-geil-Regenreifen, bei Regen in Slicks verwandeln und ihre Antischlupfregelung und ABS eigentlich, nur aus sinnlosen Lämpchen besteht, woraufhin sie, nicht schneller als ein Mofa, über die Autobahn schleichen. Bei Regen und überhaupt bei jedem Wetter, bei dem die Sonne nicht scheint, scheint der Mensch jeglichen Glauben an die Automobile Technik zu verlieren. Wer daran glaubt und die Möglichkeiten der Technik nutzt, also unbetrübt auch bei Regen zügig fährt, steckt eigentlich immer zwischen mindestens zwei Technik-Ketzern. Es gibt Dinge, die sind mit Technik einfach noch nicht zu erreichen: Intelligenz und Vertrauen. Ist auch ein wenig verständlich, denn die meisten glauben, das die Technik, mit der sie am meisten arbeiten, der Computer, auch im Auto steckt. So ist die Angst das im Regen, bei zweihundert in der lang gezogenen Kurve eine Meldung a´ la „schwerer Ausnahmefehler, bitte Neustarten" erscheint nicht ganz unbegründet, zumindest für den Laien.

So zieht sich die Fahrt, wie Kaugummi dahin und scheint nie enden zu wollen, bis endlich die erlösende Ausfahrt erreicht ist. Das wird auch höchste Zeit, denn Stressbedingt ist die

Magensäureproduktion ins unermessliche angestiegen, woraufhin sich die Smacks wie Teig blähen, dich aufpumpen wie eine Pressluftflasche und in Verbindung mit der Milch zu explodieren drohen. So muss sich ein Astronaut ohne Anzug, im Weltraum fühlen. Aber noch ist es nicht geschafft.

Der letzte Kampf, der um einen Platz in der Schlange zur Ausfahrt beginnt, ist mittels Dreistigkeit schnell gewonnen. Die meisten Menschen haben einfach Angst um ihr Auto und um ihr Leben. Habe ich auch, zeige es aber nicht. Wer den Eindruck macht wahnsinnig zu sein, bekommt immer einen Platz.

Auf der Autobahn, wie im Schlafzimmer sind wir einfach Steinzeitmenschen.

Nun denn bin ich endlich in den heiligen Hallen eines Konsumverstärkers eingetroffen. Das Foyer, ein Traum in poliertem Granit und Marmor. Herrlich! Von den Empfangsleuten werde ich freundlich nicht gegrüßt und mit einem leisen „Hallo" angeflüstert. Ich bekomme den Gelben Sklavenausweis, der mich ganz klar als Externen-Mitarbeiter abstempelt, der von den firmeninternen Annehmlichkeiten die Finger lassen darf. Das erklärt auch die sparsame Begrüßung, denn alle anderen, mit dem weißen Elite-Ausweis werden höflichst Begrüßt, als wäre dies ein Sultanat. Die Herrschende, weißbeausweiste Klasse, grüßt denn auch nur Ihresgleichen. Ist man noch so freundlich und hat man sich auch schon mal gesehen, so geht der Blick vor einem vermeintlichen Gruß, immer erst auf Ausweissuche. Ist er Gelb wird der Blick beschämt abgewendet, ob der Tatsache wegen, das man es nicht weiter im Leben geschafft hat, als bis zum gelben Ausweis. Da fragt man sich warum Demokratie nicht funktioniert.

Nun habe ich es also endlich geschafft und erreiche die Räumlichkeit der externen Computerfritzen. Wir sind nett vom Rest der Welt abgeschottet, haben aber immerhin eine Klimaanlage, die, leider Gottes, wohl am Tiefkühler der Küche angeschlossen ist. Im Winter fühlt sich hier jeder Eskimo pudelwohl, während einem die Hitze im Sommer, bei verlassen des Gebäudes, derb ins Gesicht prügelt. So abgeschottet wie wir nun auch immer sein mögen, so wenig interessiert sich dafür jemand. Alle Nase lang schneit irgendjemand rein und jammert uns wegen irgendeinem Technikgezumpe die Ohren voll. Das der Kram nicht funzt, wegen des Anwenders unendlicher Begriffsstutzigkeit, kann er aufgrund der gelebten Überarroganz, uns gegenüber, unmöglich je verstehen. Wie immer ist die Technik Schuld. Die Technik macht so etwas immer. Sie hat eine Seele und ist böse, OH JA! Ein Wunder, das sie nicht wegen des nicht-funktionierenden Hammers zum Obi-User-Support latschen:

Kunde: „ Oh es tut mir leid, der Nigelnagelneue Hammer muss wohl defekt sein."

Obi : „Wie benutzen sie ihn denn?" (Anmerkung: Richtige Frage, aber zu früh gestellt)

Kunde : „Ich weiß schon wie man einen Hammer verwendet, er funktioniert halt nicht. Bitte."

Obi : „Den kann ich leider nicht umtauschen, der Griff ist völlig verkitscht und gesplittert."

Kunde: „Ja natürlich, ich habe ihn doch bereits benutzt."

Alles klar....

Zugegeben das Computer etwas komplizierter sind, aber Computer sind zu bedienen, wie ein Schreibtisch mit Aktenschrank und Ordnern. Ganz easy Hat jeder schon mal gemacht. Aber in die nächsthöhere Abstraktionsebene zu gelangen, scheint selbst für tolle, hoch intelligente Managerheinis zu schwer zu sein. Begeistert freut sich der Anwender über meine Fähigkeiten und erhebt mich, tief in seinem Innern, vom Sklaven zum Nerd. Super. Leider nur eine Horizontale Verschiebung. Ich frage mich indes, wie ein derart stumpfer Kerl es zum Manager für Business Administration gebracht hat, der das Schreibtischprinzip noch nicht verstanden hat.

Wahrscheinlich bring ich es zu nichts, weil ich es verstanden habe. Verdammt!

Wieder mal herrlich abgeschweift, denn eigentlich bin ich ja noch gar nicht richtig im Büro.

Als Begrüßung ernte ich ein gegröltes „Mahlzeit", wegen der zehn Minuten die ich zu Spät bin. Überhaupt zählt hier Pünktlichkeit mehr als alles andere. Es muss eine Art Fetisch derer sein, die sonst nix können. Abgesehen davon interessiert es hier auch niemanden ob man was kann, sondern eben nur das man pünktlich ist. Schon toll. Die ganzen Jahre der Ausbildung, die ganze kostbare Freizeit der Uhr geopfert. Mir war nie ganz klar warum sich daran immer derart aufgehangen wird. Hingegen sind alle Überminuten die ich mache „freiwillig". Das es manchmal nicht anders geht und ich dieses mehr an Zeit investiere, weil ich eine konkrete Vorstellung davon hab wie mein Job zu machen ist, interessiert niemanden. Im Gegenteil, man lastet mir meine Zeit ab dem Feierabend sogar noch an! Ich hätte ein schlechtes Timing, könne nicht Organisieren usw...

Meine Qualitätsansprüche an meine Arbeit wären ja sowie so fernab jeglicher Realität. Wichtig sind die Zeiten und das Standards eingehalten werden. Qualität und Fähigkeit sind wurscht. Durch Bürokratie, die Forderung, Bürokratie abzuschaffen, erfüllen. Nichts anderes bewirken diese Controllingmechanismen. Leanmanagment auf jeder Ebene, ist Bürokratie par excellence. Das sind umgesetzte Wirtschaftsweisheiten aus den Wirtschaftswissenschaften. Ich frage mich manchmal von was für einer Gesellschaft diese Wirtschaftsfuzzis eigentlich ausgehen. Aber das ist ja nicht schwer zu erraten. Ist ja auch kein Wunder. Die meisten dieser Wirtschaftsheinis sind overgegelt, von sich selbst überzeugt wie Kim-Song Il, der so betrachtet, in wirtschaftlicher Sicht, ja alles richtig macht. Dem Regierungskern mangelt es wohl an nichts. Und dessen Wachstum liegt mit Sicherheit im mehrstelligen Bereich. Das gleiche passiert auch in den Unternehmen, mit dem Unterschied, das hier noch niemand verhungern muss. Kommt aber bestimmt auch bald.

Nicht allerdings in den oberen Etagen, den so genannten Teppichabteilungen. Hier sitzen die ganzen Wasserköppe beieinander beraten über Dinge die andere dann machen sollen, um daran zu scheitern. Es ist immer wieder eine Freude, wie gut, gut bezahlte Planer ihre Arbeit nicht machen. Jaja, der Teufel liegt im Detail, ist schon klar und um solche Details kann sich ein Wasserkopp ja nicht Kümmern. Versinkend in der eigenen Großartigkeit wird sich ausschließlich den neuen Irgendwas-Präsentationen gewidmet, die total Bunt, Hip und Stylisch absolut Nichtssagend daherkommen. Im Grunde reiner Datenmüll. Würde man mal das Verhältnis von Energieverbrauch zu Informationsqualität messen, wäre es im Ergebnis so, als würde man im Restaurant bei Heißhunger einen Sack Luft bestellen. Überhaupt ist die Energieverbrauch-zu-Informationsgehalt-Kiste ganz lustig. In Unternehmen wird Information meist auf Papier gebracht. Um die Information aufs Papier zu bringen brauch man einen Drucker. Nun sind also in allen möglichen Büros dutzende Drucker. Die meisten davon sind riesige Kisten, die für mehrere Leute hochleistungsmäßig Drucken. Der Drucker wird aber auch genutzt, um nur eine einzige Seite zu drucken. auf der nur ein Blöder Witz steht. Die ganze Karre wird also angeschmissen, Tonnenweise Mechanik wird bewegt, ein Fusionsreaktor angeschmissen um die Walzen anzuglühen, nur wegen einem Blatt Papier auf dem nix steht. Total Sparsam, echt. Wer hat sich das wohl ausgedacht ???
Nun denn schon wieder viel zu weit abgeschweift.
Ich bin also im Büro angekommen und darf mich nun nach der tollen Begrüßung endlich hinsetzen und mein zweites Frühstück

genießen. Zweites Frühstück? Ja, zweites Frühstück. Nach der Höllenmäßigen Sause zur Arbeit, brauchts wieder Energie und auch für das, was noch bis zum Mittag geschehen wird. Womöglich gar nichts. Im Grunde weiß ich noch nicht mal wofür ich bezahlt werde. Solange ich aber was Esse, Kaffee trinke Rauche, an irgendwas technisch aussehendem rumschraube, egal was es ist, oder im Internet surfe, solange geht mir keiner auf den Keks. Wenn ich aber tatsächlich mal ein Buch lese, oder etwas schreibe, also insgesamt betrachtet, irgendetwas tue, was im entferntesten Sinn mit Bildung oder Produktivität zu tun haben könnte, krieg ich nen Anranzer. Wenn denn mal was los ist und ich meine Arbeit schnell und gut erledige, mir also die paar Dinge die es zu tun gibt nicht auf eine Woche verteile, krieg ich schon wieder nen Anschiss. Den krieg ich aber auch, wenn ich es nicht schnell schaffe. Hmm? Wie gesagt, bzw. gefragt, was mache ich hier? Manchmal kommt einem der Eindruck, als müsse man nur die Bürokratiemaschine einfach am laufen erhalten. Dieser Verdacht wird noch dadurch gestützt, das jeglicher Innovativer Veränderungswille im Keim erstickt wird. Fortschritt!!?? Um Himmelswillen! Fortschritt kann warten. Also dann in 30 Jahren, wenn ich endlich auch mal was sagen darf, kann ich die Dinge, die ich vor 30 Jahren umgesetzt hätte, also endlich anpacken. Diese Dinge könnten dann womöglich tatsächlich als Fortschritt und Innovation gepriesen werden Aber sie sind 30 Jahre alt!!! Weil wir also in dreißig Jahren erst auf einem Stand sind, den wir heute schon haben könnten, bin ich also gezwungen, irgendjemandem zu Sagen, das der Fortschritt warten muss, da Innovationstragende Strukturen erst geschaffen werden müssten. KOTZ!
Jetzt hänge ich also hier ab und harre der Dinge. Ein Kollege fordert mich auf mit einen Kaffee zu trinken und eine zu Rauchen, in der Drogenecke. Da hängen die ganze Alltagsdrogen-Süchtigen ab. Wenn man aus der Ecke raus ist,

kann man sich selbst auf dem Markt als Räucherware anbieten. Kein Frischewäscheduft und kein noch so aufdringliches Billigparfüm kann dagegenstinken. Apropos Billigparfüms. Manch einer dieselt sich derart voll, das man meinen könnte wir wären im Palast Ludwigs des XXIV. Auch ansonsten passt diese Analogie ganz gut in diese herrliche Büro-Palast-Umgebung. Nun ja, auf jeden Fall würde hier manch einer, gesetzt den Fall es gäbe Wind, 10 Meter dagegenriechen. Dagegenriechen kann man nun nicht, aber leider ist man gezwungen durch die hinterhergezogenen Dunstschwaden zu wandeln und, aus Gründen der Höflichkeit, gezwungen, den beginnenden Erstickungsanfall zu unterdrücken. Mal ehrlich was soll das? Warum muss man so stark riechen? Das Büro ist ein Ort an dem gearbeitet wird. Vor langer langer Zeit floss Literweise Blut und Schweiß auf de Arbeit, das es bis zum Himmel stank! Jetzt stinkst auch, nur eben anders. Wäre es wenigstens gutes Parfüm! Es geht nichts darüber, als durch den zarten Dufthauch eines guten Parfüms zu gehen. Wohlgemerkt, EINEN, HAUCH! Nicht zu verwechseln mit einem dutzend schwerster Schwaden, die sich zu einem Duftpotpourri vereinen, das den Düften im Bayer Werk in nichts nachsteht. Warum billiges Parfüm und das auch noch in den Mengen? Das Zeug riecht eh schon intensiv genug und mehr davon macht einen weder attraktiver, noch besser riechend. Ganz dezent ein Hauch Billigparfüm und ein gepflegtes Äußeres zeugen immerhin ansatzweise von Stil, wenn auch nicht gerade von Reichtum. Wobei auch der Beweis von Reichtum nicht zwangsläufig Stilsicherheit bedeutet. Schrecklich aufgetakelt laufen da die abgetakelten rum, als gäb´s noch was zu holen. Da nützt kein Botox, keine Dolce und Gabana Klamotten und auch nicht die Juwelenklunker vom alten. Weniger kann einfach mehr sein. Ohnehin wird sich benommen, wie auf einem Singlebasar! Da wird gebalzt bis das die Schwarte kracht. Das sieht man vier Herren um eine Dame herumscharwenzeln, die das sichtlich genießt. Jeden Tag wird ihre Kleidung gewagter, am Freitag dann werden die hechelnden Herren dann nur noch von den Ringen ihrer Frauen, um sie zu knechten, davon abgehalten der Holden an die halterlosen Strümpfe zu gehen, die unter dem Rest Rock hindurchblitzen. Es ist so peinlich! Sehen die Herren denn nicht, das sie ganz ihrer geistigen Sinne beraubt nur noch als Bioreaktor arbeiten? Ist es nicht schon schlimm genug, sich durch das Diktat der Heirat auf Ewigkeit versklavt zu haben? Muss man sich jetzt auch noch auf der Arbeit zum Sklaven seiner Triebe machen, die man zu Hause nicht ausleben kann? Jungs, checkts doch mal! Die Frau ist selbst so frustriert und mittlerweile schon lustunempfindlich weil es ihr zu Hause auch so geht! Ihr reicher Macker hat keine Zeit und bringts stressbedingt auch nicht mehr. Das einzige was sie hat ist es, auf der Arbeit rumzuflirten, womit sie jegliche weibliche Emanzipation ad absurdum führt und sich selbst ebenfalls in ihre Bioroboter Rolle drängt. Wieso gehen die nicht einfach nach der Arbeit mal ne Runde rumpeln oder lassen sich mal scheiden oder wandern einfach mal aus. Es könnte so einfach sein.

Wie dem auch sei, ab und an gibt es eben doch mal was zu tun, was jetzt mal Sache ist. Ich packe also den PC und einiges an Zubehör zusammen und versuche es irgendwie auf die kleine Handkarre zu stopfen. Ja unsere Handkarren! Tolle Dinger sind das! Die Räder sind hundertprozentig aus extra hartem Plastik was garantiert inkompatibel zu jedem Untergrund ist und überall die Geräuschkulisse einer Dampfwalzenkolonne auf Kopfsteinpflaster erzeugt. Nicht das es einen peinlich berühren würde, oder irgendwie etwas am Stolz zerrt, einen Job machen zu müssen, wo man mit so einer GOTTVERDAMMTEN SCHEISSKARRE durch die Gegend zuckeln muss!!! Aber das ist mein Problem. Aber auch nicht wirklich. Wenn man den Job schon lange genug macht, ist einem nichts mehr Peinlich und so etwas wie Stolz kann ich mir einfach nicht leisten. Für die Tränen, die ich jeden Abend vor dem Spiegel vergieße, gibt es gute Mittel. Immerhin, noch gibt es das Selbst um das zu trauern es sich lohnt. Viele könne schon gar nicht mehr unterscheiden ob sie die Arbeit sind oder ob die Arbeit sie ist oder wer oder was auch immer sie und wer oder was auch sonst immer wie oder wo wann oder wer ist. Für sie macht es keinen Unterschied, ob sie vor einem Spiegel oder einem Fenster stehen.

Naja, aber einige sind auch ganz Nett und geben einem, ohne das es ihre Absicht wäre das Gefühl, wirklich ein Mensch zu sein. So was kann eine richtige Wohltat sein, wenn man einen Scheißtag hat, so wie immer. Aber Gottseidank, gehen auch diese Scheißtage und überhaupt alle Tage irgendwann zu Ende. Wenn man dann endlich zu Hause ist, nachdem man das Feierabend Verkehrschaos hinter sich gelassen und überlebt hat kann man sich schon wieder auf den nächsten Tag freuen. Was aber niemand macht. Außer es ist Freitag! Überhaupt scheinen alle nur für's Wochenende zu Arbeiten. Wieso eigentlich? Womöglich weils einfach nur um die Wurst geht?

Callcenter

CC= Callcenter
HH= Hilfreicher Helfer

CC: Guten Tag, Notfallvalidierungsstelle mein Name ist Schreibling, was kann ich für sie tun?

HH: Ein grässlicher Unfall von drei Autos und zwei Fahrrädern in der Wagnerstrasse bei Hausnummer 5, im Stadtteil Oberniederunter mit etwa drei Verletzten von denen einer sicherlich in Lebensgefahr schwebt!

CC: Oh vielen Dank für die Informationen! Sie haben die Ticketnummer 08154711 ich werde sie Umgehend an die Notfallserviceberatung weiterleiten, auf wiederhörn.(klick!)

HH: Hallo, Hallo, HAAAALLLOOOOO!!! Ey Scheiße hier stirbt jemand!

Aus dem Hörer tönt "I need a Hero" von Bonny Tyler, „please hold the line".

CC: Notfallservice Team, was kann ich für sie tun?

HH: (wiederholt seinen Spruch vom Anfang.)

CC: Vielen Dank für die Info, aber ich kann ihren Standort leider nicht anhand ihrer Mobilfunkdaten verifizieren, sie...

HH: Jetzt passen sie mal auf! Ich habe ihnen einen Ort gesagt und auch, wie wichtig es ist, das hier bald mal einer Antanzt!

CC: Es tut mir sehr leid, aber für beschwerden bin ich nicht zuständig, ich verbinde sie mit der zentralen Beschwerdestelle. (klick)

„...Don´t ya worry, beeee Happey....."

Stimme vom Band: Guten Tag, Zentrale Beschwerdestelle. Bei technischen Problemen wählen sie bitte die 1, bei Problemen in der Sachbearbeitung die 2 und bei Problemen mit dem Personal bitte die 3.

HH: Das,dddd...grrraarrgagaglgl, oooarch.! (wählt die drei)

Stimme vom Band: Vielen Dank ! Wir werden Sachbearbeiter Schreibling zum Quartalsende entlassen und durch einen Kompetenten Mitarbeiter ersetzen. Wir wünschen ihnen noch einen schönen Tag. (klick)

HH: Das... also....Oh nein!!!(Schreie und Explosionen im Hintergrund) (wählt noch einmal den Notruf) verdammt nun macht schon...

CC: Tag, Notfallvalidierungsstelle mein Name ist Blechner, was kann ich für sie tun?

HH: Hören sie mir jetzt mal gut zu...es...

CC: Ähm, Verzeihung könnten sie bitte den Gewaltverherrlichenden Film etwas leiser stellen der in ihrem Fernseher zu laufen scheint?

HH: Man sind sie nicht ganz dicht, hier ist die Hölle los es....

CC: Jaja, das Fernsehen kann einen ganz schön überfordern. Bitte schalten sie nun den Fernseher ab, entspannen sich und schildern ganz ruhig ihr Problem.

HH: Hier ist ein Unf...(lauter Schrei unterbricht ihn)

CC: Hallo? Im ernst, stellen sie bitte ihren Fernseher ab, sonst kann ich nichts für sie tun.

HH: (Schreit durch den Hörer) Ihr verdammten Ignoranten hier ist wirklich etwas schlimmes passiert, sie....

CC: Ganz offensichtlich wollen sie sich beschweren, ich werde sie an die....

HH: Nein, Nein (fleht und beruhigt sich) bitte, bitte nicht!

CC: Nun sehen sie es geht doch. Wie kann ich ihnen helfen.

HH: Also, hier ist ein schlimmer Verkehrsunfall geschehen mit....

CC: Ja, so leid es mir tut, aber die Nummer von der aus sie anrufen ist nicht für Notfälle autorisiert. Sehen sie, von einer Telefonzelle aus kann ja jeder anrufen und sich einen Spaß erlauben, ohne das man die Identität festhalten kann. Haben sie eine aktuelle Stimmprobe in unserem forensischen Archiv oder ein Mobiltelefon?

HH: Also ich wird noch bekloppt. Es also….puhhh! Nein ich habe kein Mobiltelefon und meine letzte Stimmprobe ca. 2 Jahre alt. Aber hier braucht wirklich jemand ganz dringend….

CC: Nana, wird ja nicht gleich jemand sterben oder (lacht kurz) …

HH: Doch verdammt noch mal, hier wird gleich jemand sterben und vielleicht sogar noch ein paar mehr, wenn sie nicht….

CC: OH, sie wollen mir drohen. Ich sage ihnen was, Mitglieder terroristischer Vereinigungen erhalten hier keinen Support! (klick)

HH: Nicht schon wieder!

„Whoo waants toooo liiiiive forrevaaaaa, who waaants too liiiiive…"

CC: Brandmeister Klutz, Terrorkommando Süd, welche Vereinigung und wo und wann möchten sie die Bombe zünden?

HH: Oh mann…..(seufzt resigniert) In der Wagnerstrasse fünf.

CC: Tut mir leid, für die Wagnerstrasse fünf ist heute bereits ein Anschlag mit mehreren toten geplant. Sämtliche Presse-Helikopter sind bereits im Einsatz. Vorgedruckte Beileidsbekundungen können sie im Bürgeramt erhalten. Laut Stimmprobe sind sie kein registrierter Terrorist. Möchten sie sich registrieren lassen?

HH: Nein, ich möchte gerne einen Unfall mit mehreren Verletzten, Schwerverletzten und, Moment, (öffnet die Tür und schaut sich kurz um) einem Todesfall melden.

CC: Tut mir leid, da kann ich nichts für sie tun. Ich leite sie weiter zur Notfallserviceberatung. (klick)

„Time tooo sayyy gooood byeee, blaaaa bla bla bla bla blaablaaaablabla….usw, usf, etc. pp"(please hold the line) (wieder gewaltige Explosion und Schreie im Hintergrund)

CC: Emergencyteam east, Gradulashnisky what can I do for you? (gesprochen mit russischem Akzent)

HH: Ähm hallo, ich will einen Notfall melden der…."
CC: I´m sorry but can´t help you. The German lines are all down. I will forward you to the queue again. Please have a while.
HH: Nein, bitte….
CC: (klick)
"Fire, dadaadaaa, I take you to burn, dadaadaaaa"
CC: Notfallserviceteam Rettich, was kann ich für sie tun?
HH: Ähm, eine Pizza Salami mit extra Käse und eine Flasche Whisky bitte.
CC: Oh das tut mir sehr leid, aber unsere Fahrzeuge sind alle zur Wagnerstrasse fünf unterwegs. Probieren sie es später noch einmal. (klick)
Stimme vom Band, im Hintergrund läuft „Another one bites the Dust" von Queen, wenn sie mit unserem Service zu Frieden waren drücken sie bitte die eins wenn….
(klick)
(klick, klick klick, klick,….SMASH!)
"AAAAAAARRRRGGHHH!!!!"

Feierabend

„Tschüss, bis morgen."
„Jo, dir auch nen schönen Feierabend."
Gott sei dank, Schluss für heute. Wieder mal nen Tag
verschenkt.
Ein wundervoller Himmel heute. Dunkelblau, mit ein paar
Wolkenschleiern durchzogen. Hoch oben schimmert die
Mondsichel. Wenn man genau hinsieht, kann man den ganzen
Mond sehen, wie er blau erscheint, wie unter Wasser. Wie Fische
ziehen die Vögel an ihm vorbei.
Fliegen...
Wie ein glühendes Auge erklimmt die Sonne und taucht alle
Konturen in einen rötlichen Glanz tanzender Auren.
Köstlichsten Duft strömt mir der Wind zur Nase, das Parfüm der
Natur, tausend Blüten, wie ein Meer.
Er steigt in sein Auto und lässt sich mit einem Seufzer in die
Polster fallen. Der Wagen riecht wie neu. Ein leichter
Autohausduft aus Kunststoff, Leder, Gummi und einem hauch
Öl und Benzin.
Es ist siebzehn Uhr fünf, höchste Zeit zum abfahren. Nicht das
es etwas zu verpassen gäbe, aber länger als nötig hier bleiben,
das muss auch nicht sein.
Kupplung, Gang, Bremse, Schlüssel drehen....Gas
geben...weg....fliegen.
Satt ertönen die Bässe aus dem Heck, verspielt trällern die
Höhen von Vorn. Kaum Verkehr, nur die paar Pendler, die noch
keinen Urlaub haben und die immer fahrenden Trucker. Freie
Bahn.
Die Landschaft streicht vorbei, sanft umschmeichelt der Wind,
leise raunend das schnittige Fahrzeug. Das geradlinige knurren
des Motors, die Satten Bässe, die feine Melodie, das Rauschen
des Windes und der Räder. Die Beschleunigung die ihn zärtlich

in den Sitz schmiegt.
Wie in Trance gleitet er dahin. Fährt den Wagen wie auf
Schienen.
Verführerisch recken sich ihm die Kurven entgegen, wollen ihn
in sich aufnehmen, die Reifen spüren, die Kraft die
Geschwindigkeit. Wollen mit spielen. Er spielt mit....
Holt alles aus dem Fahrzeug raus, der Beat hämmert, kuppeln,
runter schalten, auskuppeln, Vollgas. Links am Schleicher
vorbeiziehen und in die Kurve hinein gleiten.
Baustelle !
Links zwanzig Zentimeter platz bis zur Mauer, rechts zwanzig
bis zum nächsten Außenspiegel.
Das ist der Grand Canyon, der Todesstern. Eng, schnell,
gefährlich, geil.
Mit ein paar Lichtblitzen die Gegner vor mir auf die rechte Spur
schießen, alles frei, das Licht des Tunnels voraus, GO!!!
Spaßbremse voraus, Lichtblitze fertig, Null Grad Nord, Feuer !
Zwei Gänge runter, voll in die Eisen. Der Motor heult, die Beats
drängen, die Melodie läuft davon, die Freiheit ruft !
Zwei Augen vor mir im Rückspiegel....glänzen mich an.
Die Bahn ist frei. Die Augen lächeln mir zu.... blau wie der
Himmel....tief wie das Meer...schimmernd wie...die
Bremslichter, die kurz blinken. Sie blinzelt mir frech zu...und
lässt mich in einer Wolke stehen.
Hinter mir knallt ein Jäger heran, will mich abschießen, ich
weiche aus... Das ist meine Jagd !
Mehr Volume, mehr Beat, mehr Gas, mehr Sound. Der Motor
brüllt wie ein hungriger Löwe. Tief rot färbt sich der Himmel,
der Mond glüht wie Kohle. Der Jäger ist Geschichte.
In weiter Ferne glimmen zwei Leuchten. Meine Leuchten, meine
Laternen durch die Nacht.
Die Landschaft verschwimmt. Übrig bleibt ein schmaler Streifen
am Horizont und mittendrin mein Leuchtturm.

Der Wagen wird leichter, steuert sich wie eine Wolke. Die Reifen stemmen sich in die Kurven, massieren den Asphalt. Die Lichter werden größer, ziehen vor mir wie Sternschnuppen durch die Landschaft.
Die Kurven verführen mich, necken mich, wollen alles von mir. Bis an den Rand soll ich mit ihnen gehen.
Das Steuer bleibt fest in meinen Händen. Autos und Trucks verschwimmen zu meiner rechten zu breiten Pinselstrichen in meiner Welt der Geschwindigkeit, auf meinem Flug zum Licht. Keine Kurven, keine Hindernisse, nichts bringt mich ab.
Sie fährt wie eine Göttin. Schmiegt den Wagen um die Kurven, beschleunigt sanft und stet.
Fährt wie aus einem Guss. Kein Verziehen, kein Ruckeln, keine Wolke beim Schalten. Höchstens um mich zu necken.
Da ist sie, ich will an ihr vorbeiziehen, doch langsam, ganz sanft fährt sie rechts, schiebt sich vor mich, lässt mir keine Wahl.
Sie zieht mich in ihren sog, zieht mich mit sich. Schaut mich an mit diesen Augen, schaut mich nur an, fährt und fliegt. Ich bleibe bei ihr, reise mit. Es ist ein Trip. Sie lässt mich ihre Kurven umstreicheln, löst meine Hände vom Steuer, lässt mich in sie hineinfallen. Es ist, als rasten wir durch die Unendlichkeit.
Niemand auf unserem Weg, nur Lichter und ein leisen Rauschen. Nur wir beide im Sog des Windes, auf den Wellen der Geschwindigkeit. Freie Bahn. Ich ziehe neben sie, nur zwei Lichtkegel in der Nacht auf dem Weg nach nirgendwo. Die Welt ist uns.
Wir schauen uns an, ein, zwei Augenblicke. Sie ist wunderschön. Eine ganze Weile fahren wir gemeinsam.
Meine Ausfahrt. Ich blinke, schaue zu ihr....sie schenkt mir ein Lächeln...zusammen schießen wir in die lang gezogene Rechtskurve, kein Reifen quietscht, wir schalten runter, beide Motoren heulen auf und bleiben am Stoppschild stehen.
Im Gleichtakt schnurren die Motoren.

Ich höre ihren Beat, ihre Melodie.
Spüre sie...
Unsere Blicke treffen sich, umschlingen einander, wir flüstern,
versinken ineinander, hören die Beats, umstreicheln unsere
Kurven.
Gang rein, Vollgas, Burnout, weg.
In meinem Rückspiegel nur noch ein kurzes leuchtendes
Blinzeln durch den Nebel.
Ich blinzele zurück.
Ciao.

Existenzgründung

Ein Unternehmen aufzubauen ist was ganz tolles! Drei Millionen Mitarbeiter, dreitausend Werke und ein Erste-Klasse Produkt, wogegen die neueste Mondrakete dasteht, wie ein Tretauto. So habe ich mir das Vorgestellt. Schon morgen, werde ich zum Vorstandsvorsitzenden der Weltbank jetten, um um einen günstigen sieben Milliarden Kredit zu bitten. Sicherlich bekomme ich auch fünfhundert Euro Förderung vom Staat dafür. Einfach Klasse !!!
Du liebe Güte, ich will doch bloß ganz alleine meinen Kram machen und mal was versuchen. Jetzt gammele ich hier in diesem Seminar ab, in welchem die Vortragenden diese Situation gleich nutzen, um für ihre eigene Sache zu werben. Spannende Psychotests dürfen wir hier auch ausfüllen. Hier fühle ich mich sehr verstanden. Zu Hause werde ich dann den Rest des Abends damit verbringen, einen Teil des Wahnsinnigen Stapels von Irrsinnigen Vordrucken auszufüllen. Eigentlich kommt einem die ganze Maßnahme nicht wie eine Einführung ins Thema vor, sondern eher wie eine Blockade die einen auf jeden Fall verwirren soll. Einer der „Mitschüler" tut mir besonders leid, ist Diplom Kaufmann. Was soll der hier? Der könnte die Vorträge ja selber halten und das mit Sicherheit besser ! Naja, jetzt sitzt der eben auch hier und der ganze Raum überhaupt ist vollgestopft mit Leuten, die mindestens die Hälfte des vermittelten Inhaltes nicht brauchen, da sie keinen Multimillionen-Dollar Konzern Gründen wollen, sondern eine Einzelunternehmung! Ein ganz klitzekleines Geschäft, ganz alleine, ohne Betriebsrat, ohne Gesellschafter, ohne Kilometerlange Fließbänder. Also sitzen hier zwanzig Menschen gequetscht in einen winzigen Raum, ohne Klimaanlage oder Lüftung. Immerhin gibt es Fenster. Allerdings ist es Sommer. Mir geht auch so langsam die Luft aus und die Suppe rennt mir so runter, genauso, wie allen anderen,

wodurch der Raum eine ganz besondere Duftnote erhält. Man glaubt beinahe die Langeweile zu riechen, auch seine eigene. Sobald jemand den muffigen Raum betritt, kloppt die Tür in den Rücken meiner Nachbarin, die sich Lautstark aufregt und dem Eintretenden ein verzeihendes Lächeln abringt. Der neue Gast quetscht sich zwischen den Stuhlreihen durch, wie eine Japaner in der Tokioter U-Bahn. Nun sitzen wir also hier und lassen uns an öden. Super, noch zwei Wochen....ZWEI WOCHEN!!!!
Und der nächste Tag.
Wieder die gleichen behämmerten Themen. Wie ist meine Einzelunternehmung organisiert?...??? Wie wohl?!!
WOW! Da ich nur einer bin, wirds jetzt wohl psychologisch schätze ich. Ich muss nun meine Persönlichkeit aufspalten und zwar als Vertriebler, Marketingfritze, Einkauf, Verkauf, Lagerist, Tippse, Kaffeekocher und Toaster. Meine „Firma" soll ich auch noch als Organigramm aufzeichnen. Also werde ich tatsächlich alle Aspekte meiner schizoiden Persönlichkeit hübsch irgendwo hin malen. Nochmal: WOW!
Lass mal Überlegen, wie viele virtuelle Mitarbeiter will ich denn einstellen?
Wie werde ich denn meine mannigfaltigen Arbeitsprozesse aufgliedern und steuern?
Hmmmmm....?
Ich werde meine Dienstleistungstätigkeiten lean-management-mäßig in einzelne Arbeitsprozesse aufspalten. Dafür brauche ich nochmal ca. 20 verschiedene Persönlichkeiten um den geforderten Strukturen gerecht zu werden. So kriege ich vielleicht sogar eine ISO 9000X Zertifizierung!
Ich werde also auf Rezept verrückt mit Hilfe staatlicher Förderung. Welche meiner Persönlichkeiten soll den eigentlich die sein, die die Geschäftsführerschaft übernimmt?
Ich überleg mir da mal was.Mal ganz ehrlich, was soll das?
Noch immer zwei Wochen!!!!

Heute wird uns was über Zielgruppen erzählt, aber mindestens die Hälfte des Inhaltes, dieser Einheit geht jetzt gerade an der Zielgruppe, also den Teilnehmern, vorbei. Alle die hier sitzen, wollen eigentlich nur wissen, wie man die Formalitäten klärt. Business-Plan, Steuern, Versicherungen, Gewerbeart und ganz praktische, alltägliche Dinge. Immer noch will keiner Großindustrieller werden.

Wie wäre es denn gewesen, hätte man mal eine kleine Umfrage, bei den Existenzgründern gemacht, um die tatsächlichen Zielgruppen zu ermitteln und den Stoff dementsprechend angepasst?

So werden hier Themen behandelt, wie bei den Firmen, bei denen unsere Dozenten, allesamt freie Berater, für viel Geld ihre Dienste anbieten. Man bekommt fast den Eindruck, als wäre es gewollt, die Leute auf eine bestimmte Weise einzupeitschen. Ich glaube die Leute die hier sitzen, ziemlich konkret wissen, was sie wollen, sonst wären sie ja nicht hier, oder? Jetzt sind wir beim Thema Qualitätsmanagement angekommen. Vom Dozenten kriegen wir jetzt zu hören, das wir wahrscheinlich deswegen Arbeitslos geworden wären. Wie bitte? Super! Das wollte ich auf jeden Fall hören! Das mir Unterstellt wird, das mir wegen meiner Unfähigkeit und

Inkompetenz gekündigt wurde. Diese Aussage zeigt auch in herrlicher Weise, die Weitsicht und den Horizont dieses Dozenten. Seine wichtigsten Punkte sind generelle Ordnung und Pünktlichkeit. Mann klasse! „Oda watt...!" sacht er. Wenn das so einfach ist, warum mach ich dann nicht auch so was...oda watt? Was will er uns eigentlich sagen. SO langsam aber sicher verlier ich den Faden, oder er? Aus diesem ziellosen Gewäsch, in tiefster rheinischer Mundart, gesprochen wie von einem Fußballfan auf Schalke, werde ich nicht schlau. Ich versteh es auch nicht richtig. Wieso nuschelt der so, kann der nicht normal sprechen? Ist es ein Neandertaler? Nein eigentlich ist er Dozent.

Aber für was? Das fragen sich auch mittlerweile andere und bringen das auch zur Sprache. Es ist eine Diskussion im Gange, worüber eigentlich gesprochen werden soll, oder sollte. Unser Dozent versucht sich zu fassen.

„Genau, Aufbaustruktur un' so...", „...sieht so aus: Irgendwo habe ich da ne Geschäftsleitung un' nen' Einkauf.....in dem Laden."

Und nun die kreative Meisterleistung des Dozenten, das Organigramm :

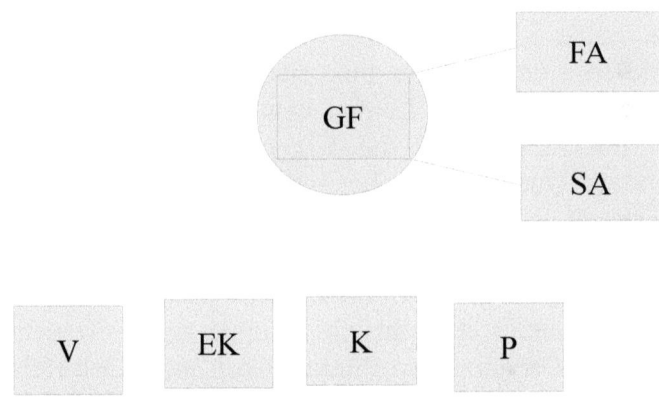

Also, ich hab ja schon ein paar Organigramme gesehen, aber das schießt den Vogel ab. Na immerhin weiß ich jetzt, wie ich meine schizoiden Persönlichkeiten strukturieren soll. Ehrlich gesagt, glaube ich nicht das ich auf dem Markt lande, sondern im Irrenhaus. Nachdem der Arme Kerl da vorne mehrfach gefragt wurde, um welches Thema es nun geht, ist er völlig aus dem Konzept. Jemand der uns was über Strukturen erzählen soll, kann

A.) nix erzählen

B.) nix präsentieren (hat auch nichts vorbereitet)

Wahrscheinlich hat er letzte Woche selbst noch hier gesessen. Nach dem am Anfang das Thema „Sicherung und Ladung im Fernverkehr" intensiv behandelt wurde, als angeblicher Aufhänger zum Thema „Organisation", sind wir jetzt beim Thema „Welche Art von Mitarbeitern stelle ich ein". Subunternehmer, Freischaffende? Hmmmmm... Finde ich ja schon interessant so eine Gesprächsrunde. Vielleicht könnten wir am Freitag, statt der geplanten Präsentationen mit Video-Aufzeichnungen eine tolle Talkshow gestalten, die wir gleich gewinnbringend irgendwo verkaufen könnten. Schade das wir gerade jetzt keine Kamera haben. Womöglich wird das noch Lustiger. Bin froh das ich hier bin, menschliche Verfehlungen, insbesondere, wenn sie von Leuten begangen werden, die von sich selbst überzeugt sind, die Eigenschaft dazu nicht zu besitzen, sind ein Quell unendlicher Inspiration.

Unser armer Dozent hat inzwischen fies einen Einlauf bekommen, redet sich gerade aber wieder um Kopf und Kragen. Wieso setzt er sich eigentlich dieser selbstzerfleischung aus? Obwohl in die äußerst empathische Gruppe noch versucht zu unterstützen, fängt er jetzt von Pünktlichkeit und Kartoffelsalat zu sprechen an. Mittlerweile ist auch die Geschäftsleitung eingetroffen, um den weiteren Fortgang des Seminares zu Protokollieren.

Die Sache ist also schrecklich eskaliert. Wenn der arme Kerl hier nicht schon vorher an unserer Stelle gesessen hat, bald wird er es tun. Letztendlich hat ihm dann seine Pünktlichkeit auch nix gebracht. Genauso wenig wie der Kartoffelsalat. Nun haben wir schon versucht, den Mann zu retten, und was macht er daraus? Spontan fällt mir gerade „Butterbrot" ein, irgendwie. Die Fallbeispiele sind an den Haaren herbeigezogen und die Fälle selbst total out of Kontext of everything. Ich weiß ja nicht, was er sich dabei gedacht hat, irgendwas bestimmt, aber ich behaupte

einfach mal dass das hier keinem Schimmert.
Struktur??? Was ist das? Struktur, das unbekannte Wesen.
Noch viel schlimmer ist diese Ruhrpott-Laberei. „Also ich sach ma, ich bin in` nen Edecka´ja un klar, brauch ich nen Einkaufswagen ne...?! Iss doch klaa! Ich mein, watt brauch ich denn da überhaupt und watt mach ich da?"
Butterbrot.
Wieder fällt meinem angeödeten Hirn nix weiter an als Kartoffelsalat, aber das ist mir langsam echt zu öde. Immerhin weiß ich jetzt was ich in der „Mittachspause" esse.
Gerade der Typ soll und helfen, einen Business-Plan aufzustellen? Kein Wunder das die Anzahl der Neugründungen der , der Geschäftsaufgaben entspricht. Das in einen direkten Zusammenhang zu bringen wäre natürlich etwas übertrieben. Oder? Egal.
Das Grauen nimmt weiterhin seinen Lauf. Die Stunde ist noch immer nicht zu Ende. Gerade wird der Dozent wieder einmal übel auseinandergenommen, der wirklich eine Ahnung von dem Thema hat. Ich glaube dem kommen gleich die Tränen. Ob wir ihn mal liebhaben sollen?
Neee, is ja ´n harter Knochen ne, der imma pünktlich is, ne? Dem steht das Wasser schon in den Augen und seine Stimme versagt ihm auch gleich. Das ist wie in der Arena in Rom anno tuback. Seine Rolle als Gladiator ist nun der Rolle des armen Wichtes gewichen, der den Löwen zum fraß vorgeworfen wird.Der Tag ist noch nicht mal halb rum, und ich denke, das er am Ende des Tages bis auf die Knochen runter ist. So ein Müll, ehrlich. Einige Dinge der Themen die heute hätten behandelt werden sollen, hätten mich schon interessiert. Jetzt kriege ich eine Abhandlung primitivster Kajüte, wie ich sie im Berufsgrundschuljahr besser gehört habe.
Die Leute die hier sitzen haben alle was vor und wollen verdammt nochmal was wissen! Jetzt steht hier so ein Kasper

rum, der bestimmt eine Ahnung hat, aber das einfach nicht rüber bringen kann. Falscher Job, große Hilfe, Danke, du bist Deutschland. Was macht der hier? „Bin halt pünktlich, dann gibts auch pünktlich Mittach, ne?!

Der Anfang war ja immerhin vielversprechend. Der Herr Dr. Unternehmensberater ist zumindest kompetent auf seinem Gebiet, was nicht bedeutet, das er besonders feinfühlig im Umgang mit anderen Menschen wäre. Für ihn ist das nur ein Nebenjob und wir nur Geldvieh für die Maschine.

Von Tag zu Tag wurde es hier schlechter.

Der Marketing-Mann war zwar nett und bestimmt auch kompetent, aber hauptsächlich hat er seine traumatisierenden Erfahrungen aus dem Telemarketing, Gruppendynamisch, im Rahmen des Unterrichtes verarbeitet. Immerhin hat er es geschafft, relevante Themen anzusprechen und war partiell witzig. Ziel immerhin knapp erreicht. Allen kann man es auch nicht recht machen. Es gab auch eine Stunde zum Thema Präsentationen. Die war definitiv ausgefüllt und das Thema voll getroffen. Aber wenn ich mit selbstgemalten Comics, minderer Qualität und ziemlich einfach gestrickten Bastelsachen daherkomme und das als professionelle Präsentation verkaufe, dann kann ich danach entweder in der Hobbythek arbeiten oder im Kasperle-Theater. Das ist genauso Hölzern wie pfiffig. Wie glaubwürdig wäre zum Beispiel eine geistliche, die ihre Dienstleistung als Präsentation darstellen würde? „Meine Damen und Herren, kennen sie das auch, wenn mal alles daneben geht und niemand da ist? Der liebe Gott und der heilige Geist können auch ihre stetigen Begleiter sein. Es liegt in ihrer Hand! Maximieren sie ihren Gewinn auf jeder Ebene und stecken sie mit ihrem Glück auch andere Menschen an! Glauben sie noch heute! Sie und ihr Umfeld werden aufblühen und reifen!"

Klingt das nach Tiefsinn? Wohl kaum. Auch hier wieder die Frage, Zielgruppe???

Warum läuft das derart aus dem Ruder? Wer hat sich das ausgedacht und diese Inhalte Formuliert?
Das sind wir wieder am Anfang. Wir alle wollen schließlich einen Mega-Weltkonzern gründen.
Jetzt fällt mir auch nix mehr ein.
Waren aber auch erst drei tage....
O Gott!

Aus der Sicht eines Straßenmalers

Ich bin Straßenmaler. Ja tatsächlich kann ich mich rühmen, wirklich verdammt gut aussehende Bilder sauschnell zu malen. Ich besitze das unglaubliche Talent ein Fotorealistisches Portrait auf DIN A4 mit 60% Farbdichte in ca. 10-15 Minuten anzufertigen. Solche Bilder sehen auch noch in HD verdammt geil aus! Voll der Held also. Genau. Wieso ist er dann nicht der verdammte Warhol? Weil das alles im Prinzip jeder könnte. Wenn man sich immer dieses alberne Gefasel anhört.."Ich hab gar kein Talent zu gar nix. Ich geh ins Büro und so Kram...blablabla..." OH GOTT! Total ankotzenswert. Aber was soll man machen, wenn man immer wieder durch diese all zu abgefuckten Casting Shows darauf geprimt wird, das Talent etwas außergewöhnliches sei, was nur speziellen Gewinnertypen anhaftet zu denn man selbst mit an hundert Prozent grenzender Wahrscheinlichkeit, nicht gehört, weil dann würde man ja selbst da stehen. Hier schließt sich dann der Kreis. Das alles hat mit Talent überhaupt nichts zu tun, sondern mit dem Wunsch eine bestimmte Tätigkeit auszuführen, die schlimmstenfalls zu etwas führt, an was man sich gerne erinnert. Im Grunde hat das etwas Zwanghaftes. Aber das ist was völlig anderes...Es geht nur um die Technik. Wozu ist Technik da? Um Talent zu ersetzen. Genau! Und Nein! Hört auf darüber nachzudenken. Denn so ist es nun mal.
Nachdem man also nun zwischen Talent und Technik nicht mehr unterscheiden kann, gibt es viele mit meinen Fähigkeiten und Wünschen. Der Markt ist, auch Dank der tollen Casting Shows, der Globalisierung und Margarinisierung von Kulturgut Übersättigt.
Deswegen male ich auf der Straße. Ich muss malen. Nicht von Berufs wegen. Sondern weil ich es Liebe. Es ist wie ein hübsches Gesicht mit dem Pinsel streicheln. Meine Phantasie

geht mit mir dabei innerlich galoppieren, wie auch immer man das schreibt. Diese Energie stecke ich dann in meine Bilder. Die Energie der Phantasie sozusagen. Ich baue also meinen Stand auf und hoffe auf Kundschaft. Während die Passanten vorbeiziehen schaue ich sie mir an und lasse meine Phantasie gehen, als was und wie und worin ich sie malen würde. Ich muss aufpassen, das ich keinen Ständer kriege bei einer geilen Rothaarigen meines alters, die leider äußerlich bedingt, alle meine Triebgesteuerten neandertalesken Sinne gierig erweckt und zur Fortpflanzung animeiert. Dafür hasse ich meinen kleinen dummen mickrigen Körper, das er dann einfach nur noch wie eine blöde lechzende Töle agiert und alles andere auch dazu animyrt. Ekelhaft! Man muss das betonen, das ist EKELHAFT! Nicht der Akt, aber so primitiv zu sein, derart pawlowsch darauf anzusabbern.

"hallo" spricht mich plötzlich etwas an.

Ach du scheiße! Die kann man nicht hübsch malen!

Die Phantasie galoppiert davon, oder so...

Die Realität ist so Hart wie Diamant!

So werde ich sie malen. H7, dünnes Papier, Sonderpreis.

Das ist das allerschlimmste! Die hässlichen muss man so malen wie die schönsten. Durchschnitt geht immer auf jedem Papier in jeder Farbe. Aber die hier!!! Fuck! Ich weiß, ich bin ein Schwein, aber ich bin Maler und Ästhet. Ich habe ja gar nichts gegen sie, da ist nur dieser optische Ekel. Wie Gestank im Licht. Wie verzerrter Sound. Wie ein Brötchenteig.

Ich muss das malen! Male ich es nicht wird sie nicht nur beleidigt sein und es nicht zeigen, sondern auch traurig! Was heißt das? Das heißt vor allem, das ich mir das die ganze Zeit haargenau angucken muss. Ja,richtig Haargenau! Was denken sie, warum eine scharfe Brille zu meinem Arbeitsgerät gehört. Sie war übrigens absurd teuer. Aber meine Augen sind mein Geschäft.

Das bedeytet, jedes Detail von das wird Molekülscharf in meinem Gehirn rekonstruiert. Am schlimmsten daran ist, dass das Gehirn vor allem bei optischer Reizverarbeitung unfassbar viel interpoliert. Das heißt das Gehirn ist hochaktiv im Rahmen all seiner Möglichkeiten ein möglichst präzises Abbild seiner Umwelt darzustellen. Desto weniger Bildinformationen vorhanden sind, desto mehr muss das Gehirn arbeiten. Blöderweise ist dieses Gehirn keine autonome Maschine, sondern ziemelich eng mit dem Verknüpft was man all gemeinhin als Individualität, bzw. Seele verbindet. In meinem Verständnis sitzt hier etwas vor mir, was man im ästhetischen Universum als schwarzes Loch bezeichnen würde. Ein kollabierter Stern, der unter seinem eigenen Gewicht zusammengebrochen ist und nun alle Schönheit in sich aufzusaugen versucht. Torten sind auch schön.
Das alles ist aber nicht mein Problem!!! Nimm ab und komm nochmal wieder. Bei soviel Masse muss da doch was brauchbares zu machen sein. Oder auch Zwei, oder viel Seife. Ich will das nicht malen! Jetzt geht der Ekeltsunami durch meinen motorischen Kortex. Ich bin ausgefüllt von dem Bild des Ekels, gezwungen meiner Inneren Natur Einhalt zu gebieten und diesen Fall professionell abzuhandeln.
Man könnte aus dieser Geschichte niemals einen Film machen, weil das HauptdarstellerIn das hässlichste Geschöpf des Universums sein müsste, um dem Durchschnittsbürger ein Gefühl des alltäglichen Ekelempfindens nahebringen zu können. Das daraus folgernde Handeln wird übrigens oft als Arroganz missverstanden. Was man dem Pöbel verzeihen muss, solange die Münzen klingeln.
Nun denn.
Auf zur geistigen Vergewaltigung meiner Selbst.
Durchströmt von Abscheu fliegen die Hände Zart über das Papier um aus dem Teig eine Elfe zu Formen. Ich Zaubere ihr

einfach ein Phantasiebild dahin. Etwas, was mein Geist als Gegenpol erschaffen muss, um das überschreiten des Ereignishorizontes zu verhindern.

Mittlerweile bin ich zu der Erkenntnis gelangt, das ich allein schon aus Nächstenliebe dazu verpflichtet bin, jetzt nicht über den dummen Jabba the Hut Witz, der sich mir unweigerlich immer wieder aufzudrängen versucht, zu schmunzeln, sondern alles zu geben.

Jetzt, liebe Freunde ist Talent verlangt! Talent ist das, was die früheren Maler von großen Persönlichkeiten oft vor ihrem Tod bewahrt hat. Also im Ernst.

Ich lasse mich einfach gehen und male, was mein Talent hergibt. Es soll vor allem mal ein richtig geiles Bild werden. Puh! In einer Viertelstunde. Ich nehme die Herausforderung an.

sie freut sich sehr über ein wirklich phantastisches Bild von ihr und ein ehrliches freundliches Lächeln von einem Mitmenschen.

Die Praxis, von Dr. Gudrun Grabolle

Durch ein schäbiges, ungeputztes Treppenhaus, mit schmandig bekackt aussehenden, emaillierten Fliesen und pattigem Wandverschmier, ging es gewendelt nach oben. Das Ensemble wurde durch einen Liliputaner-Aufzug ergänzt. Der erste Eindruck der Praxis, war irgendwo zwischen OP, Flughafen und Schlachthaus.

Lieblos gekalkt aussehende Wände, damit man sich garantiert unwohl und im Stich gelassen fühlt, nur damit die Halbgöttin in Weiß, umso mehr als strahlende Heldin in Erscheinung treten kann. Allerdings ging von diesem Drachen weniger Gefühl aus, als von einem fünf Sterne Gefrierfach. Die könnte sogar eine Thermonukleare Explosion erfrieren lassen!

Mal im ernst, wieso richtet man eine Arztpraxis, und dazu noch eine Chirurgische, derart kalt ein. Es ist nicht so, das die Leute die da hin hingehen, unbedingt Farbe mitbringen, gell? Die gehen da ja hin, mit unendlich entsetzlichen Horrorvorstellungen. Es ist eine Chirurgische Praxis und kein Kinderarzt. Die meisten werden sich wohl so fühlen, wie die Sau beim Metzger, die genau weiß, wenn ihr letztes Stündlein schlagen soll.

"Scheiße, was hab ich da bloß im Fuß (Hüfte, Hand, Hirn, etc...)? Die andern finden nix und jetzt soll ich zum Chirurgen. Zum Chirurgen !!!!!! Der schneidet mir doch alles raus und ab! Hätte ich Kopfschmerzen, würde er mir das Hirn amputieren und zwei weiche Brötchen rein tun"

Mit solchen Gedanken gehen die Leute dahin.

Lebhaft kann man sich in so einer Umgebung auch folgendes Vorstellen (p= Patient, a=Arzt, h=Helferin) :

P: "Irgendwas ist mit meinem Finger, die andern finden aber nix."

A: " Sind sie Kassenpatient?"

P: " Ähh....ja...warum?"

A: "Ach nix. Frau Klotzkopp, begleiten sie den Patienten bitte in den Behandlungsraum ´A´."

H: "Wenn sie mir bitte folgen wollen."

Frau Klotzkopp bringt den Patienten in den Raum "A" wirft ihn auf eine Liege, schlägt ihn bewusstlos und hackt ihm dem Finger ab.

Mit Tränen in den Augen verlässt "P" die Praxis. Abends setzt er sich ans Klavier und spielt verbittert "Hänschen klein", weil das von nun an das einzige ist, was er noch spielen können wird. Wild vor Wut, hämmert er auf das Klavier ein, bis Tasten und Finger brechen, bis er blutbesudelt, mit seinem Kopf auf den verbliebenen Tasten einschlägt und beschließt zu sterben. Mit gebrochenen Händen schreibt er, mit dem Blut auf dem Knöchel seines Amputierten Fingers, seine eigene Exmatrikulation von der Musikhochschule, auf die er nur mit Hilfe seines Begabten-Stipendiums kam. Schließlich legt er seinen Kopf zwischen den geöffneten Steinway D-Flügel und dessen Deckel, und lässt sich davon den Kopf zermatschen.

Tags drauf finden ihn Eltern und Freunde, verkaufen alle seine Sachen, feiern davon ein Fest und Grillen seine Leiche.

Sowas geht einem da durch den Kopf.

Vor allem wie sich der Drachen von Arzt benimmt. "Ach quatsch, heulen se hier nich rum. Da wird ´n bisschen dran rumgeschnippelt, und dann is jut!" Echt wie ein Metzger, was ja auch zur Einrichtung passt.

Ich glaube für menschliche Gefühle, vor allem Schmerz, sind diese Menschen völlig unempfindlich. Jeden Tag messern sie in- und an irgendwelchen völlig Fremden Leuten rum. Also ich glaube, wenn solche Leute diesen Job nicht hätten, würden die Amok laufen. Ich glaube Felsenfest, das diese Leute gefährlich sind!!! "Och, jetzt hab ich dir die Nippel abgeschnitten, tut doch gar nicht weh oder...doch?! Tut mir Leid, ich dachte das macht dich an..." Ne is klar.

Ich frag mich wie das sein muss, mit so nem Kühlschrank zusammenzuleben. Ärzte sind eh komisch. Also wenn ich mir vorstelle ich hätte was mit ner Hautärztin, dann könnte ich mich ja gar nicht entspannen, "Oooooch, wie interessant, und hier und da und überhaupt.." "Ey Alte, wie wärs mit weitermachen!" Ne, das ginge ja gar nicht!

Naja, also es war eine sehr abkühlende Erfahrung. Nicht ein einziges Bild hing da. Nirgendwo! Ich möchte mir auch gar nicht vorstellen, was die da für Bilder hingehängt hätte, insofern ist es vielleicht besser, das da keine hingen. Keiner brauch Bilder von irgendwelchen Massakern oder Bilder aus der Pathologie von völlig frisch hingerichteten Leichen.

Und die Leute die da alle waren....puhh, also alt werden in allen ehren, aber so einige die wären mal besser aus dem Fenster gesprungen, statt auf den Tisch. "Kommen se mal mit", sagt die Ärztin und entflieht der alten Frau mit Riesenschritten. Diese krückt wie eine Schnecke leidend, sich mit ihren Zehen vorwärts krabbelnd, weil sich nix mehr sonst bewegen lässt, hinter der Ärztin her. Wie kann man bloß so unsensibel sein?! Die ist so abgestumpft, wie ihre Messer scharf sind. Man hätte der Frau ja auch einen Rollstuhl geben können oder wenigstens Krücken. " Nääääää, wer noch Atmen kann, kann auch noch laufen!"

Da steht die Alte um drei Uhr nachts von schmerzen geplagt, mit Hoffnung auf Linderung gequält auf, damit sie es pünktlich zu ihrem Termin um halb zwölf schafft. Für die drei Blocks braucht sie ca. fünf Stunden und wird dabei noch von fiesen jugendlichen angeskatet, angerempelt, der Lächerlichkeit preisgegeben und obendrein bestohlen. Davon kriegt sie aber wegen der Schmerzmittel nix mit. Abends freut sie sich schon wieder auf die nächste Ladung.

Warum bekommt man eigentlich einen Termin beim Arzt? Weil man dann weiß, wann man da sein muss und sich dementsprechend Zeit nehmen kann. Aber warum, nimmt sich keiner danach mehr was vor? Nicht mal Arbeitgeber haben damit ein Problem? Hmmmm....das sieht doch aus wie ein Mysterium! Versuchen wir es zu ergründen.

Ich habe also einen Termin um acht. Bin pünktlich um zehn-vor da um dann, mit der Bitte wiederzukommen, während der Mittagspause gehen muss. Ich komme also um zwei wieder, um dann um drei, endlich dranzukommen. Ich weiß genau, das ich der erste hätte sein müssen. Was läuft hier schief?

Es ist eine Verschwörung, wie überall. Würde ich sofort drankommen, müsste ich zum einen nicht so viel Zeit mit anderen kranken Menschen verbringen und zum andern müsste ich dann nichts lesen. Es gibt also eine Vereinbarung zwischen ALLEN Arztpraxen und dem sogenannten "Lesezirkel" hinter dem eigentlich die Sekte der "Galaktischen Föderation des Lichts" steckt.

Die andere ist die mit allen Pharmafirmen und den anderen Praxen. Man muss das Inkubationsrisiko ungemein erhöhen, damit der Kundenstrom von Kranken Menschen nicht abreißt und Viren und Bakterien maximal mutieren können, damit immer wieder neue Medikamente erforscht werden müssen. Eine ganze Industrie arbeitet daran, mit dem Ziel, uns alle langsam in Zombies zu Verwandeln, die willenlos dem Diktat der Gesundheit folgen, einer Form von Gesundheit, die uns alle Krank macht!

Deswegen sind die Wartezimmer aller Praxen die Siechgruben der Zivilisation, der Gipfel des liberalen Merkantilismus, der auch hiervor nicht haltmacht. Denn wir sind auch nur Vieh für die!

Es könnte natürlich auch einfach daran liegen, das alte Menschen, die ja vor allem Krank sind, immer etwas brauchen um ihre Leidensgeschichte los zu werden. Nach einem gefühlten Jahrhundert der Plackerei, als soziales Zahnrad, in der

Maschinen Welt Deutschlands, bleibt oft nicht mehr Geschichte, als die des Leidens. Dieses unnnnenndliche Leid. Als hätten die nie mal was fröhliches Erlebt. Also daran kann es liegen, oder an noch was anderem.

Es gibt ja nun auch viele Mitbürger, die des deutschen nicht mächtig sind. Nun stelle ich mir mal den Horror vor, wenn du irgendwas ätzendes hast, kannst das nicht richtig beschreiben und landest dann in der Chirurgischen Praxis von Frau Doktor Grabolle!!!!! Scheiße

Tja, so sieht das aus. Aber warum wir Termine bekommen, die niemals wirklich eingehalten werden, wird wohl für immer und alle Zeit, ein unentdecktes Mysterium bleiben.

Das Land Nod

Es war einmal vor langer Zeit, da kam Gott, oder auch eine Göttin, auf die Idee, der gerade erschaffenen Erde, leben einzuhauchen. Als Krone seiner Schöpfung erschuf er den Menschen nach seinem Bilde. Also erschuf er Mann und Frau als gleichberechtigte Herrscher der Welt. Der Mann sollte Adam heißen und die Frau Lilith.

So lebten die beiden wohl eine ganze Weile glücklich und in Frieden zusammen auf dieser wunderschönen Welt. Irgendwann dann, kam es wo zu es kommen musste. Die beiden verliebten sich ineinander und wollten nun im höchsten Genuss der Zärtlichkeit miteinander verschmelzen. Einen kleinen Haken hatte die Sache allerdings, denn sie konnten sich wohl, laut Überlieferung, nicht über die Position einigen, in der der Akt stattfinden sollte. Beide wollten oben und zerstritten sich so aufs heftigste. Um den Streit zu schlichten riefen sie ihren Schöpfer, bzw. Schöpferin. Der befand, das Adam fürderhin oben sein sollte, wenn es um derlei Intimlichkeiten gehen sollte. Lilith war über die ganze Angelegenheit ziemlich entrüstet und entschloss sich die beiden Ignoranten, bzw. Ignorantinnen, allein in ihrer Uneinsichtigkeit zu lassen. Sie floh ins Reich der Dämonen, was der Schöpfer wohl in einem Anfall von Melancholie zwischen Spät abends und Mitternacht des ersten Tages erschuf.

Lilith fand ihr Glück im Reich der Finsternis und zeugte in ihrer Dämonenkommune mehrere Nachkommen die allesamt Lilim genannt wurden.

Der Unglückliche Adam hingegen musste erstmal eine lange Zeit in Einsamkeit verbringen, bis Gott auf eine glorreiche Idee kam.

Er würde eine neue Frau schaffen von einem Teil Adams, damit sich dieser nicht mehr würde beschweren können, da sie ja ein Teil von ihm selbst sei.

Trotz Adams vehementen Gezeters nahm Gott Adam ein Rippe, was diesen wohl sehr schmerzte aufgrund des mangels an Betäubungsmitteln, und formte eine neue Frau. Eva. Leider musste Adam wohl auch einen Gehirn technischen Reset durchmachen, damit er nicht wieder auf dumme Gedanken käme und alles wirklich noch mal von vorne beginnen könne. Die neue Frau war also kleiner, zierlicher und schwächer als Adam, auf das sie ihm gehorche. Jetzt war wieder alles gut im Paradies. Adam und Eva waren glücklich und lebten friedlich eine ganze Zeit lang zusammen.

Irgendwann dann schlich sich allerdings eine Listige Schlange ins Paradies und dachte sich, wie man wohl diese öde Ehe, zwischen diesen beiden Infantilen Gestalten, die da im Paradies herumirrten, etwas aufpeppen könnte. Schnell erkannte sie, dass die arme Eva eigentlich nur zum nettsein da war. Allerdings sah die Schlange, das Eva wunderschön war. Adam konnte von dieser Schönheit nichts sehen. Ein Plan musste her. Wenn sie Eva darauf aufmerksam machen würde, dass die Verhältnisse im Paradies unter den jetzigen Bedingungen ungünstig für sie sind, vielleicht könnte sie sie dann dazu bewegen etwas zu ihren Gunsten zu verändern. Die Schlange versuchte nun also Eva mit dem Apfel der Erkenntnis zu verführen, das sie ihn Adam zu Essen gebe, auf das er ihr für immer verfallen sei. Eva überlegte wohl hin und her. Auf einmal machte es klick und sie erkannte, das die vermeintliche Schwäche die ihr ihr Schöpfer mit gab, richtig betrachtet, eine größere Stärke als die ihres Adams war. So dann verführte sie ihn, was bekanntlich sofort gelang. Der arme Adam erkannte ihre Schönheit in aller Offenbarung und musste sich gar sehr schwer zusammenreißen Was so unerträglich wurde, das sie sich ab jetzt beide etwas anziehen mussten. Eva, damit Adam nicht stets versucht war und Adam, damit Eva nicht sah, das Adam stets versucht war. Aufgepeppt hatte die Schlange die Ehe nicht gerade, allerdings war es nun nicht mehr so langweilig im Paradies. Die erste dokumentierte Seifen Oper war geboren. Alle Tiere ergötzen sich gar furchtbar an den Situationen, die aus der vollkommenen Beziehungsunfähigkeit der beiden entstanden. Für die armen Menschlein war das alles eine Katastrophe, da ihnen Zynismus und Sarkasmus noch völlig fremd waren. So ging es wohl eine ganze Weile, bis beide einsahen, das sie die Einzigen ihrer Art waren und sich irgendwie zusammenraufen mussten. Der liebe Herr, oder Frau-Gott war mittlerweile auch relativ sauer, weil ihm das alles aus dem Ruder zu laufen schien. Damit er sich das Dilemma nicht weiter angucken musste, befahl er den beiden auf der Stelle ein Kind zu kriegen, denn sonst würde er Eva in eine Hexe verwandeln und Adam in einen der Hexe verfallenen lechzenden Blödmann. An und für sich hätte sich dann nichts geändert, aber Eva wollte lieber hübsch bleiben und ihren Adam bewusst weiter an der Nase und anderen Körperteilen herumführen.

Wie gesagt, der Nachwuchs stellte sich, bekannterweise, nach neun Monaten ein. Es war ein Junge und er wurde Kain genannt. Alle waren noch ein Weile glücklich, vor allem Kain, der bis zu seinem Ende nie eine Schule besucht hat. Nach dem Adam und Eva erstmal auf den Geschmack gekommen waren, musste ein zweites Kind her. Eva hatte Adam als Auflage erteilt, das der Akt nur unter Beobachtung eines Storches stattfinden sollte und auch nur dann wenn ein Kind dabei entstehen sollte. Wer jetzt glaubt, das Eva das alles so freiwillig gewollt hat, der sei enttäuscht, den Gott hat ihr nach der Geschichte mit der Schlange erstmal die Hölle heiß gemacht und ihr den Schwur abgerungen, das sie Adam nur unter der Bedingung Nachkommen zu zeugen, verführen durfte. Adam wusste davon natürlich nichts und war weiterhin der Dumme, sich total abrackernde Mann, der ständig neuen Blödsinn erfand um sich zu beweisen, in der Hoffnung Eva würde ihn ran lassen, der er heute immer noch ist.

Also ward wieder neun Monate später Abel geboren. Alle waren glücklich und froh und fuhren einmal im Jahr in den Schwarzwald in ihrem aufgemotzten Passat mit Kindersitzen und Konistoßdämpfern. Kain, mittlerweile schon etwas älter, war gerade mitten in der Pubertät und begann die Frauen zu entdecken. Frauen ??? Er entdeckte also die Schönheit seiner Mutter und verliebte sich sehr unglücklich in sie, was die gemeinsamen Fußballnachmittage zwischen Vater und Sohn nicht gerade entspannte, um nicht zu sagen, das es sie aufgrund der Eifersucht des Sohnes gegen den Vater, zu einer Street-fight Veranstaltung degenerieren ließ.

Weiterhin kümmerten sich die Eltern ohnehin mehr um das Jüngere, da es auch deutlich Pflegebedürftiger war. Zu allem Überfluss, durfte Abel dann auch noch die Schule besuchen.

Irgendwann wurde es Kain zu viel Der Vater der die Mutter abbekam, die Mutter die seine Art von Liebe ihr gegenüber ablehnte und das alles wegen diesem blöden Nesthäkchen von Abel.

In einer dunklen und stürmischen Nacht schmiedete Kain also einen fiesen Plan, der so böse und finster war, das er vom Teufel selbst hätte sein können, hätte es ihn schon gegeben. Also...erschlug er Abel mit einem ollen Holzklotz. Darüber waren alle sehr betrübt, auch Kain ein bisschen Da Gott, obwohl wirklich verdammt wütend war, nicht genau so schlimm handeln wollte wie Kain, verbannte er selbigen in das Lande außerhalb des Paradieses. Ins Lande Nod.

Kain nahm wohl eine der mittlerweile erwachsenen Schwestern mit und erzeugte mit ihr den Rest der Menschheit Uns.

Was in der Zwischenzeit mit dem Paradies geschehen ist fragt sich noch heute mancher.

Jesus

Es ist nun schon eine ganze Weile her. Aber nun ist er sich endlich sicher. Er ist der, den man einst Jesus nannte. Der Messias. Man mag sich nun fragen, wie kam er wohl dazu? Das ist einfach erzählt. Wie jeder, wuchs er in einer mehr oder weniger religiös, eher durchschnittlich religiös geprägten Umwelt auf. War also in der Lage, die verschiedenen Religionen und Weltanschauungen seiner Umwelt zu reflektieren.

In diesem Zusammenhang muss man wohl die Heilung eines Krüppels erwähnen.

Die Person saß verkümmert am Straßenrand einer Einkaufszone. Trug altes abgewetztes Zeug. Sie roch irgendwie nach Eisenbahn und Erde. Sie sah nicht glücklich aus. Ihr fehlte ein Bein.

Jesus ging hin zu ihr und fragte sie. Was fehlt dir denn so sehr? Sie sagte, das ihr, ihr Bein so sehr fehlen würde.

Er berührte sie und gab ihr ihr Bein wieder.

Mitten am Tag. Einfach so. Mitten in der Fußgängerzone.

Eine Menge Menschen müssen das gesehen haben.

Wie der armen Person ein neues Bein wuchs.

Nun, dies war schon eine ganze Weile her, sowie einiges anderes dieser Kajüte.

Abgesehen davon sprach sein Vater, der sich ihm als Gott vorstellte, sehr deutlich zu ihm. Er gab ihm Prophezeiungen, die stets eintrafen. Gab im Handlungsanweisungen, nach denen er seine Wunder tätigte. Diese Stimme, die ihm da folgte, die war Gott, sein Vater.

Das alles heraus zu bekommen war gar nicht so einfach. Vor allem nicht in dieser Welt, der Hyperkommunikativen Gesellschaft. Alles war viel direkter.

Aber nun, das Ergebnis zählte. Summa summarum, er musste Jesus sein. Bei diesem Gedanken kam er sich selbst etwas blöde vor, aber die Beweise waren zu deutlich. Zeit zur Tat zu schreiten.

In eine Kirche werde ich nun gehen.

Genau jetzt zur Weihnachtszeit.

Da sind doch all die, die an all das glauben, aus dem ich bin.

Also hin da!

Jesus geht also an Weihnachten zur nächsten Kirche und besucht eine Messe.

Hat sich ja nicht viel geändert seit den letzten hundert Jahren. Wie die alle da sitzen, auf diesen winzigen Bänken im kalten. In Kirchen ist es immer kalt. Sommer wie Winter Ich glaube die machen Deals mit der Hämoriden-Pharmazie.

Was auch immer der Pfaffe da sagt, mag sicherlich richtig sein, aber ich werde das jetzt mal klar stellen.

Jesus geht also durch die Kirche direkt Richtung Mikrofon. Alle sehen ihn merkwürdig von der Seite an, als er an ihnen vorbeigeht. „Psst...Sie da...nehmen sie doch bitte Platz...“nuschelt ihn eine von der Seite an. Immer das gleiche. „Der Herr mit dem Ziegenbärtchen“, ergreift nun der Pfarrer das Wort, „wären sie so freundlich, sich bitte wieder hin zu setzen!“ „Nein das geht nicht. Moment noch...“ ruft Jesus und geht weiter. Er dreht sich kurz, um die Leute anzulächeln und ihnen zu winken. Vielleicht hilft es ja. Bei den letzten malen war das immer recht übel abgelaufen. Das war zu Zeiten, wo er Überzeugt war, als Frau irgendwie neutraler und glaubwürdiger zu sein. Schließlich wurde er jedoch stets als Hexe verbrannt. Seit einer Weile schon ging er auf Nummer sicher. Frau sein war auch klasse, aber bei der Mission hier war Mann sein noch einfach einfacher und sicherer. Diese ganze Nummer war eh schon schwer genug. Wie lange das noch so weitergehen sollte. Dank der Technik wusste er jetzt zumindest, was mit ihm los war. Irgendein genetischer Kappes oder auch irgendwas magisches. Keine Ahnung, aber irgendetwas veranlasste seine Zellen und Gene sich ständig neuzufinden und neu aufzubauen.

Ab einem bestimmten Prozess des Neuaufbaus formte sich auch immer wieder sein Bewusstsein Immer wieder das gleiche. In diesem Zeitpunkt konnte er auch seine Gestalt verändern. So wie er einmal aussehen würde bestimmen.

Aber er war nicht irgendwer, dem das passiert wäre, nicht irgendein Mysteriöser Wanderer oder was weiß ich fürn magischen Krempel.

„Ich bin Jesus...puuuhhhh" krächzt Jesus im Kampf um das Mikrofon mit dem Pfarrer, der sich Partout nicht dazu hinreißen lässt, ihn ein paar Worte an die Gemeinde richten zu dürfen.

„Ich habe die Polizei angerufen"

Oh nein! Nicht schon wieder die. Schon wieder in die Anstalt.

Naja, besser als beim Militär. Hmm.

Klätsch! Haut Jesus dem Pfarrer eine rein. Die Kids müssen jetzt endlich lachen.

„Also jetzt hört mir doch mal zu"...kann er nun endlich deutlich in sein Mikro sprechen. Mit der linken Hand schickt Jesus Heilstrahlen auf den Pfarrer, der sich kurz den Kopf schüttelt und aufsteht. „Das Licht da...das kam aus seinen Händen oder??? Ich habe mich sofort besser gefühlt. Ich fühle mich Super!"

„Ja, vielen Dank Herr Pfarrer, sie dürfen sich jetzt setzen und darüber Meditieren.

Liebe Leute. Ich verkünde euch nun die Erlösung. Ich kann alle Krankheiten heilen und mit Materie ziemlich viele coole Sachen machen. Ich kann auch Computer reparieren...ääähhh"...

„Mach ein Wunder!" Brüllt jemand von Mittendrin.

„Wie n Wunder?"

„Lass es hier drin regnen!"

Plötzlich beginnt es zu regnen.

Ein erstauntes raunen geht durch die Kirche.

„Billige Tricks! Los schalt den scheiß Sprinkler wieder aus!"

Es hört sofort auf zu regnen und die Leute sind sofort wieder

trocken, so wie das ganze Wasser wieder verschwunden.
„Ach kommt schon Leute. Wir müssen uns hier was Sinnvolles
einfallen lassen, wie man diese Energie nützt und wie das
möglich ist. Damit wäre ne Menge geholfen. Ich stiefele ja
immer wieder mal hier rein, weil mir aufgetragen wurde, in
diesen Gemeinden zu wirken. Jetzt würde ich zum Beispiel ganz
gerne Sinnvoll wirken. Das ist mein Job, also los, lasst euch was
einfallen."
„Was ist das hier für eine Schmierenkomödie sie alberner
Witzbold." Poltert der Bulle der mit seinen Leuten die Kirche
stürmt.
„Nehmen sie die Hände hoch und verhalten sie sich ganz ruhig.
Wir nehmen sie erst mal mit."
„Wieso das denn???"
„Hausfriedensbruch und Störung der öffentlichen Ordnung."
„Hausfriedensbruch??? Ich bin Jesus! Das hier IST mein
Zuhause!"
„Na aber klar kleiner. Wenn wir mit dir fertig sind kannst du ja
gerne wieder herkommen und beten. Und rumknien. Und jetzt
mach keine Zicken und komm mit."
„Wehr dich Jesus! Lass die das nicht mit dir machen!"
„Was soll ich denn tun? Es sind meine Brüder und eure Gesetze.
Herr Pfarrer, liebe Gemeinde, darf ich denn meinen Jüngern
nicht von meinen Reisen berichten und den Erkenntnissen die
mir daraus wuchsen?"
„Jaaaaa!!" werden vereinzelt Rufe Laut.
„SOFORT STILL ALLE!" brüllt der Bulle durch seinen Ultra-
Sprachverstärker, das es allen in den Ohren klingelt.
„Die Spaßmacher aus dem Publikum kommen auch mit. Billige
Trickshow hier."
Scheiße, denkt Jesus so bei sich. Alle denen er nun begegnen
wird, werden ihm immer wieder die gleichen Fragen stellen.
Es war nicht seine Art, aber er würde sie zum zuhören zwingen.

Er errichtete einen widerstand um sich herum, durch den niemand zu ihm dringen können würde.

„Also bitte Leute. Setzt euch doch einfach mal hin hört mir zu."

„Er hat eine Art Schutzschild um sich herum. Von so was habe ich noch nie gehört." Sagt Assistent Müller zum Inspektor.

„Rückzug alles abriegeln, nehmen sie die Leute mit! Sofort eine Etage höher durchklingeln Müller!"

„Alles klar!"

Einige Leute rotten sich vor dem Altar zusammen. „Wir bleiben!"

„Nehmt diese Leute da auch mit. Widerstand wird nicht Geduldet. Setzen sie zur Not Chloroform ein."

Die Kirche wird geräumt. Wenn sich die letzten Protestler doch noch deutlicher zur Wehr gesetzt hatten, als zu erwarten gewesen wäre.

Aber alles in allem eine saubere Aktion.

Die Kirche war abgeriegelt.

„Hallo, Meine Name ist Bloch. Ich bin der Vermittler."

„Na dann gehen sie mal rein!"

„Sie sind Jesus?", fragt Bloch.

„Ja, der bin ich."

„Soso.......und wie kommen sie darauf?"

„Naja, ich kann übers Wasser laufen."

„Wie schade das hier gerade kein Wasser ist. Nun denn also, was sind sie und was haben sie vor?"

Bloch entschied sich direkt vorzugehen. Bei jemandem, der sich umbringen wollte oder der von irgendwas genug überzeugt wäre, das auch mit anderen zu machen, brauchte man sich keine Sorgen um Gesprächsstoff machen. Direkt auf ihr Problem angesprochen fingen die sofort an rumzuheulen. Ein klassischer Automatismus bei Gestörten Menschen, den man gerne Ausnutzt. Es musste schnell gehen. Die Jungs vom BND mit einigen Professoren von diversen Max-Planck-Instituten im

Schlepptau, waren schon unterwegs um zu Übernehmen. Höchstens eine halbe Stunde. Dann wäre er noch pünktlich zum Essen und könnte sich das Spiel angucken. „Das ist ganz einfach. Die Christliche Gemeinde soll über meinen Nutzen entscheiden. Ich bin ein Wunder. Wie ein Werkzeug von Gott für euch Menschen geschaffen. Was übrigens genau so ist. Ich bin der heilige Gral."
„Dann befrei dich doch und entscheide selber."
„Du dumme Nuss! Das doch nicht der Plan von dem ganzen hier. Es ist wichtig, das sich die Menschen gemeinsam dazu entscheiden, womit ihnen geholfen wäre. Das ist ja wohl vollkommen offensichtlich sie Hornochse! Während wir hier reden, verstreicht Wertvolle Zeit, die damit zugebracht werden könnte, etwas Sinnvolles zu tun."
„Was wäre denn sinnvoll?"
„Die Dürre in Afrika zu beenden zum Beispiel."
„Das könnten sie?"
„Na klar! Ich bin wie eine gute Fee. Wünsch dir was, ich mach dir was...Kapiert?"
„Dann wünsche ich mir neue Schuhe."
„Sie sind ja nicht mal Christ! Sie können sich gar nichts wünschen und sie kriegen auch nichts von mir. Die gemeinde muss das tun."
Immer das gleiche. Warum Antworte ich diesem Deppen eigentlich noch. Der Will doch eh nur Zeit schinden.
„Sehen sie", sagt Jesus, „Gehen sie einfach nach Hause. Sehen sie sich das Spiel an und Essen sie vorher gut. Ihre Frau würde sich wirklich freuen, wenn sie einfach mal was früher kämen und sich Zeit nehmen, mit ihr zu reden. Es geht dabei um Minuten. Das würde sie schon Glücklicher machen."
Was für ein Albernes Psychospielchen, dachte sich Bloch. Zugegeben, der Typ da vorne war ein guter Beobachter. Hätte er ihm wirklich neu Schuhe gegeben dann hätte er...PLOFF!

67

Kurz zuckte Bloch zusammen und schaute an sich hinunter. Sie passten perfekt! Das war das beste paar Schuhe, was er jemals angehabt hatte!

„Und die halten garantiert ewig. War das jetzt so einfach, Bloch? Sie müssen überhaupt nicht an mich glauben. Mir ist das total egal. Ich bin auch auf Facebook, glauben sie ich bin von gestern? Sie haben hier nur gar nix zu entscheiden, sondern die Gemeinde."

Genau und vorher passiert auch keine Wunder. Lächerlich! Immer der gleiche shit.

„Bloch! Bloch!" zischte jemand durch die Tür.

„Jaaa...bitte?" Antwortete Bloch gelangweilt.

„Der BND ist da!"

„Na endlich."

Bloch fuhr nach Hause und sprach mit seiner Frau. Den ganzen Abend lang und dabei tranken sie wein und hörten gute Musik. Wie schon lange nicht mehr.

AM nächsten morgen wurde Bloch wegen eines anderen Falles frühzeitig aus dem Bett geholt. Er kam erst sehr spät nach Hause. Er hatte alles wieder unter seine Alltagswelt gedrängt. Er würde es ganz verdrängen.

Nachdem Bloch gegangen war, ging die Show erst richtig los! Das BND und die Professoren fanden ebenfalls einen Schutzschild. Sie haben alles mögliche Probiert, ihn da rauszuholen. Aber ständig hat er sich milde davor beschützt. Schließlich wurde die Kirche überkuppelt und zu einem Forschungslabor umgebaut. Das gesamte Dorf wurde ein Forschungslabor, die Leute umgesiedelt.

Irgendwann gab man dann nach und ließ nur noch gläubige Forscher einreisen um eine Möglichkeit zu haben, mit Jesus zu verfahren. Man ließ über das Internet eine Diskussionsplattform einrichten, über die die Gemeinde abstimmen konnte, was mit Jesus zu geschehen hätte. Blöderweise, war die Argumentation oft zu Gunsten derer, die der Meinung wären, es wäre doch ganz cool, selbst wie Jesus zu sein. Das war zu verführerisch. Also entschied sich die Gemeinde dafür, an Jesus herum zu experimentieren. Irgendetwas in seinem Körper zu finden, mit dem die Unsterblichkeit zu erreichen war.

Jesus indes war völlig traurig und fragte sich, wie er nur so missverstanden werden konnte.

„Ich lasse euch die Entscheidung, auf welche Weise ich für euch hilfreich sein kann."

Das waren einmal seine Worte gewesen. Und jetzt würden sie ihn hier zerfleddern und rupfen wie ein Huhn, diese Kannibalen. Immer diese Forscherdeppen! Und dann auch noch gläubige. Halleluja! Immerhin gab es in dieser Epoche Betäubungsmittel. Warum schon wieder dieser Mist!

Hätte er sich doch einfach beim Arbeitsamt gemeldet!

„Was können sie denn?"

„Ja also, ich bin der Heiland und brauche eine Stelle als Sohn Gottes. Vielleicht in irgendeiner Kirche."

„Ja, sehr witzig", erwidert die Zimmerdame biestig. „So sie Spaßvogel. Soll ich hier jetzt Clown eintragen? Ich schwöre ihnen, wir bringen sie im Circus unter für einen Euro am Tag! Da lernen sie Spaß haben!"

„Also gelernt hab ich nix. Ich konnte das schon immer mit dem Heilen und auch andere Sachen. Hab damit aber viel Schabernack getrieben. Jetzt hats mir mein Vater verboten."

„Sie sind doch ein Erwachsener junger Mann. Sie brauchen sich von ihrem Vater gar nix sagen zu lassen."

„Das ist jetzt etwas schwierig zu erklären..."

„Wie auch immer... Und nun mal weiter. Was wollen sie denn machen?"

„Heilen."

„Sie meinen Heilpraktiker."

„O Gott!" *ja mein Sohn?*

„OH" *Ach nix Papa, nur wieder So ne komische Situation....*
Genau so wäre das gelaufen.
Dieses Blöde Schicksal! Er würde sich dringend nochmal mit irgendeinem Auseinandersetzen müssen, der was mit Karma zu tun hat. Bei der nächsten Wiederauferstehung.
Da kommen sie schon wieder mit Spritzen und allem möglichen Werkzeug. Ob ich das wohl überlebe?
Um das an dieser Stelle abzukürzen. Jesus hat das natürlich nicht überlebt. Irgendwann hat man ihn einfach verschwinden lassen und es ist Gras drüber gewachsen. Er ist dann mit 95 an Altersschwäche in seinem Unterirdischen Gefängnis gestorben. Unglücklicherweise haben die Menschen das Geheimnis der Unsterblichkeit geknackt. In kürzester Zeit hat jeder den Wirkstoff bekommen, auf die ein oder andere Weise. Alle waren nun Unsterblich. Und Unfruchtbar. Und wurden niemals älter, als sie zum Zeitpunkt der Einnahme bereits waren.
Es war Großartig und alle waren happy und irgendwann kannte jeder jeden und alle fingen an sich endlich gegenseitig total auf den Sack zu gehen.
Da Erstrahlt ein neuer Stern am Firmament, sich auf flammendem Schweif zur Erde brennt.

Die allerletzte Entscheidung?

http://www.youtube.com/watch?v=y_VYGg81dSU   Das war alles was auf dem Zettel Stand. Endlich Dunkel. Die wunderbare Nacht. Lichtlos, blau schimmernd wie eine herrliche süße Beere. Ein Genuss der den Geist bewegt. Jeden Tag eine neue Nacht voll Inspiration, die Neugierig auf die andere Seite der Dinge macht.

„Seit YouTube, der Blogsphere und der intensiven Etablierung von Sozialen Netzwerken, weiß kaum noch jemand, was eigentlich wirklich da draußen abgeht. Alle möglichen Informationen werden ungefiltert in die Welt hinaus gelassen. Alle halten sich für seriös und strotzen mit einmaligen Quellen. In Zeiten wo Multimedia von der Oma bedient und erschaffen werden kann sieht alles irgendwie gleich seriös aus. Unsere Generation allerdings ist damit groß geworden. Es ist nämlich so, das die meisten einfach noch nicht begriffen haben, das unsere Generation das Ruder schon längst übernommen hat. Wir können aus all den Unsinnigen Informationen einen Sinn rauslesen. Wir haben dort neue Formen von Mustern erkannt und etabliert, von denen die älteren einfach keinen Schimmer haben. Davor haben sie Angst. Angst es könnte ihr Politisches System gefährden. Das haben all die schon immer geglaubt. Aber Veränderungen funktionieren im kleinen. Schon von Anbeginn an und sind nicht aufzuhalten. Und es gibt Veränderungen, an die überhaupt niemand denkt, die niemand sieht, an die niemand jemals glauben würde."
Er schloss sein Tagebuch und folgte dem Link.

„Wie weit ist der Prozess fortgeschritten?"
„Es ist erschreckend! Leider haben wir unterschätzt wie perfide hier vorgegangen wurde. Es wurde an das kleinste Detail

gedacht. Der Kollaps wird zu einem Zeitpunkt stattfinden, wenn die Singularitäten zu weit voneinander entfernt sind, um erneut zu Fusionieren. Das ist aber noch nicht alles, weiterhin vermuten wir, das die Singularitäten zu einem bestimmten Zeitpunkt eine besondere Konstellation zueinander einnehmen, aus der man durchaus ein Muster lesen könnte. Wenn das so wäre, dann..." Ein anschwellendes tiefes Grollen erfüllte die Station, begleitet von einer deutlich spürbaren Vibration der gesamten Umgebung. „Wir müssen los, erzählen sie mir den Rest unterwegs!"

„Wie weit ist der Prozess fortgeschritten?"
„Wie erwartet."
„Gut."

„Ey Leute, habt ihr auch die neusten Bilder von Tetra gesehen?" Stolpernd vor Erregung eilt Simon zu seinen Freunden. Die erkennen sofort wieder seinen glasigen Blick. Die Ringe unter den Augen. Er sieht wieder aus, als hätte er drei Tage lang nicht geschlafen. Sie wenden sich ab. Setzen ihre Gespräche fort. Es macht sie traurig ihn so zu sehen. Und sie fürchten sich mittlerweile auch ein Wenig vor ihm. Als Simon zur Behandlung war wurden sie in einer Gruppensitzung für Angehörige von psychisch Kranken von einem Psychologen aufgeklärt, was mit Simon los sei und wie sie mit ihm in Zukunft umgehen sollten, damit Simon ein normales Leben führen könnte und sie auch. Die Ursache seiner Psychologischen Probleme lag in einer Wahrnehmungsstörung. Das Gehirn konnte seine Sinneseindrücke einfach nicht sinnvoll verarbeiten, weil bestimmte hormonelle Filterfunktionen genetisch bedingt gestört wären. Der Psychologe sagte, das „...man das was Simon hatte auch als eine Form von Gabe betrachten könne. Obwohl es tatsächlich mehr eine Art Virus sei. Ein Mentaler Virus. Dieser Virus wird über Sprache übertragen. Es ist möglich, durch eine ganz spezielle Weise der Wortwahl und Betonung das Denken anderer Menschen zu beeinflussen. Diese Beeinflussung endet aber nicht mit dem Gespräch, sondern bleibt in den Gedanken bestehen. Dieses Neuronale Geflecht ist von nun an in der Lage, neue Strukturen aus sich selbst heraus zu erschaffen. Durch weitere gezielte Beeinflussung dieses Geflechtes, wird die Neubildung von Strukturen in diesem Bereich stark erhöht. Wenn dies mit mehreren Personen gleichzeitig passiert, dann ändert sich das Leben der Gesamten Gruppe. Die Ursprüngliche Geschichte, die zur Bildung des Geflechts geführt hat, wird zur Realität aller davon Betroffenen. Und genauso verhält sich ein Virus. Wir möchten unbedingt vermeiden, das sich eine Epidemie entwickelt. Deswegen stehen sie auch unter Beobachtung.

Simon ist Offensichtlich dazu in der Lage, den Virus, den er selbst unwissentlich erschaffen hat, bewusst zu kontrollieren. Er könnte sie quasi steuern. Er könnte die Realitätskonzepte seiner Mitmenschen auflösen."

Dies machte ihn tatsächlich zu einem gefährlichen Menschen. Wer wollte sich schon durch ein paar Sätze sein Gehirn verwursteln lassen? Tja, schade. Wenn er grade mal normal war, war er eigentlich ganz Nett.

„Hast du deine Pillen genommen", fragte einer.

Simon ließ die Ausdrucke von Tetra sinken mit denen er winkend heran geeilt war. Er nahm seine glasierten Zuckerpillen, warf sie sich ein, hob seine Hand und streckte seinen erhobenen Mittelfinger aus.

„Leck mich am Arsch."

Er stellte sich zu den anderen und schwieg.

Für Simon war die ganze Nummer auch nicht leicht. Er konnte immer noch nicht begreifen, warum er nicht mehr mit den anderen Reden durfte, bzw. warum die anderen das nicht mehr taten. Nur noch belangloses Zeug. Angeblich durften sie ihn nicht auf falsche Gedanken bringen.

Falsche Gedanken......pfff!

Seine angeblich Krankheit hatte er selbst noch nicht begriffen.

Was für eine Krankheit sollte das sein?

Die Pillen hatte er mal ausprobiert. Das war langweiliges Zeug. Er schüttete sie immer weg und ersetzte sie durch bunte Zuckerglobuli. Das war bisher noch keinem aufgefallen. Das einzige was er nun Tat, war einfach mehr zu schweigen. Weniger zu reden, mehr für sich zu behalten. Das „DU" kennen zu lernen, was ihm sein Therapeut als Verhaltenstraining empfohlen hatte, war für ihn weiterhin bedeutungslos. Kein DU ohne ICH, kein WIR. So einfach ist das.

Früher hatten sie alle mehr über anderes gesprochen.

„Sagt mal Leute, unterhaltet ihr euch wenigstens noch in meiner Abwesenheit darüber?" Fragte Simon in die Gruppe hinein.

„Worüber denn?"

„Ach kommt jetzt tut nicht so...."

„Simon du weißt das wir mit dir darüber nicht reden dürfen!"

„Ich will auch nicht darüber reden, ich will nur wissen ob ihr es noch tut, wenn ich nicht dabei bin. Ich will wenigstens wissen, ob wir noch auf einer Wellenlänge sind."

„Wir fallen auf diese Psychospielchen nicht rein. Wir fühlen uns alle nicht gut dabei, aber es muss so sein."

„Was ihr mit mir macht, das ist ein Psychospielchen! Ihr könnt mir doch einfach sagen was los ist. Ich will an eurem Leben doch auch Teilhaben."

„Siehst du, genau das ist es. Merkst du was? Jetzt dreht sich das Gespräch der Gruppe wieder nur um dich. Du schaffst es immer wieder, dich in den Mittelpunkt zu drängen. Vielleicht haben wir ja auch mal Lust, uns mit anderen Themen zu beschäftigen?!"

„Was soll das denn jetzt? Ich habe doch nur eine Frage gestellt, von der ich ausgegangen bin, das ihr sie mir im Rahmen dieses beknackten Schweigegelübdes trotzdem beantworten könntet.

Ich verliere doch vollkommen den Draht zu euch und vermisse euch eben."

„Denkst du du bist der einzige der darunter leidet? Siehst du, das meinte sie eben. Du ziehst die ganze Gruppe runter. Wir wollen auch das du geheilt bist. Wir wollen dich eben auch zurück. Das geht aber nur wenn du auch mitmachst. Du musst dich halt damit abfinden und dich anpassen"

„Aber an was denn? Durch diese Situation seid ihr doch auch schon nicht mehr die, die ihr vorher wart. Ich muss mich also an eine künstliche Situation anpassen, die keinem gefällt, worüber aber jeder hinweg sieht, in der Hoffnung, es könne mich heilen. Ihr tut das alle tatsächlich um meinetwillen. Und wenn ich nicht mitspiele, seid ihr persönlich beleidigt. So einfach ist das also. Also bin ich dafür verantwortlich, wenn´s euch gut oder schlecht geht? Vielleicht sollte ich einfach gehen und...."

„....und die Klappe halten. Genau! Genau diese Sorte Gefasel, um die geht es. Glaubst du da will sich irgendwer Gedanken drum machen? Das Interessiert überhaupt keinen. Auch wenn´s ja ganz schlau klingt, es bleibt leider Schwachsinn, weil du ne Macke hast! Und meiner Meinung nach brauchst du auch dringend härtere Pillen. Und wenn ich´s eben nicht gesehen hätte, würde ich schwören, das du die gar nicht nimmst. Mann, du bist so schräg alter! Nimm´s nicht persönlich, aber ich möchte das meine Gedanken klar bleiben. Auf deine schräge Wirklichkeitsverdrehung habe ich keinen Bock! Geh in die Forschung, geh´ in ne Gruppentherapie, was weiß ich. Vielleicht bist ja wirklich son schlauer Typ. Dann mach was draus. Wenn´s kein irres Gefasel ist, super, bereichere die Welt. Aber bis es soweit ist, hör auf uns auf den Sack zu gehen und genieß das Leben."

„Weißt du, wir haben alle auch so unsere Probleme und machen uns Gedanken um vieles. Ja, so sind wir Menschen halt auch. Es geht nicht immer um die Sinnfrage."

„Wir wünschen uns einfach, das du daran mit uns zusammen wieder Teilhaben kannst, am einfachen Glück. Einfach mal wieder Leben."

„Könnte dir mit Sicherheit mal wieder gut tun."

„Wisst ihr, das ist die Krankheit! Nur das zu wollen! Das ist die Krankheit! Und ihr seid Ansteckend! Sorry Leute. Ich hab meine Antwort. Tut mir Leid, haltet mich für nen Arroganten Wichser, aber ich kann so nicht sein. Mir reicht das nicht. Danke für so viele gute Erinnerungen. Macht's gut."

„Hey warte..."

Simon geht weg, dreht sich nochmal um, winkt der Gruppe und verschwindet zwischen den Passanten.

Endlich an seinem Auto angekommen, fällt er mit einem Seufzer in den Sitz. Er verschnauft kurz, zündet sich eine Zigarette an und fährt los.

„Scheiße!", flucht er laut.

„Wir haben Informationen über Bewegungen im Sektor des Keimenden Lichts."

„Tatsächlich? Da sind sie also. Interessant. Nun gut. Veranlassen sie das Standardprozedere und beginnen sie mit Priorität Indigo."

Sie waren dem Ziel so nahe. Den Beleg dafür wollte er ihnen gerade unter die Nase reiben. Und dann das.

Nachdem man raus gefunden hatte, welche psychologischen Feedbackmechanismen durch Sprache möglich sind, man ein Gehirn quasi mit Sprache, oder auch anderen Sinneseindrücken, hacken kann, wurden bestimmte Verhaltensweisen sofort von höchster Stelle aus mit einem Sozialen Stigma belegt. Davon waren vor allem Menschen betroffen, denen man eine sogenannte Wahrnehmungsstörung attestierte. Dadurch war der nächste Schritt, ein bestimmtes Verhalten als Krankhaft zu entlarven entsprechend schnell gemacht.

Seitdem gibt es auch Mentale Viren. Mir ist es Verboten irgendwelche Multimedialen Inhalte zu erstellen, zu veröffentlichen, zu konsumieren oder darüber zu sprechen. Kurz gesagt ist mir jegliche Form von Umgang mit kreativen Inhalten verboten worden. Meinem Umfeld auch. Wir werden regelmäßig gescreent. Auch meine Freunde. Wir befinden uns noch auf Stufe eins der Beobachtung. Wir werden noch nicht abgehört, beschattet oder getraced. Das ist für alle natürlich ziemlich unangenehm und Stufe zwei will auch keiner kennen lernen. Vermutlich unterhalten sich meine Freunde aus Angst nicht mehr über gewisse Dinge. Diese Verdammten Feiglinge! Aber vielleicht bin ich ja wirklich ein Terrorist und weiß es nur noch nicht...Vielleicht bin ich ja wirklich Multimedial umprogrammiert worden. Ach es ist so verdammt einfach.

Aber ich muss darüber mit jemandem Reden! Das ist zu groß um es für mich allein zu behalten! Warum kann das bloß keiner Erkennen??? Egal ich werde weiter forschen.

Bedrückt sitzt Sarah zu Hause in ihrem Sessel und fühlt sich klein. Eingeengt und klein. Arm und mickrig. Sie waren auf eine wirklich spannende Spur gestoßen. Simon wollte sicher nur die Ergebnisse mit ihnen teilen. Aber es interessierte niemanden mehr. In Zeiten von Terrorismus und Arbeitslosigkeit denkt man nicht gerne um die Ecke, sondern geradeaus in die Zukunft. Aber wie soll die Zukunft denn aussehen?

Was sollte sie bloß denken. Plötzlich erschienen ihr bloße Gedanken auch schon als Gefährlich. Gedanken die Angst machten. Sie fühlte sich in sich selbst nicht mehr wohl. Auf eine bestimmte Weise begann sie sich von sich selbst zu entkoppeln. War das der Virus? Oder verursachten die Gedanken daran, das es einen Mentalen Virus gäbe erst selbigen? Alles würde sich auflösen, wenn die Spur der sie folgten, zu einem Ziel führen würde. Dann müsste man sich diesem Gedankenkreislauf nicht mehr aussetzen. Dann wäre alles wieder normal.

Aber wie sollte sie sich mit Simon in Verbindung setzen? Jeder Verbindungsaufbau würde doch sofort die Aufmerksamkeit steigern. Auf ein Screening der Stufe zwei war keiner sehr scharf. Wenn man jetzt schon nicht mehr wusste wohin mit seinen Gedanken...

Die Musik war unglaublich laut. Alles dröhnte und schepperte. Simon stand am anderen Ende des Raumes und trank alleine sein Bier. Irgendwann würde er zur Toilette müssen.

Endlich. Sie meldete sich kurz in der Gruppe ab und ging zur Toilette.

Jetzt kam alles auf das Timing an. Schließlich sieht sie ihn durch den Türspalt und stolpert nach draußen.

„Geh weiter und nimm das..." zischt sie ihn leise an „Ahh du bists.... tschuldige..schönen Abend noch...."

„Macht nix...dir auch..." antwortet er wie gesteuert und geht genauso gesteuert weiter aus der Toilette. Simon ist völlig überrascht, fasst sich aber schnell wieder.

Unauffällig schlendert er mit den Händen in der Tasche wieder zur Theke.

Er betrinkt sich und tanzt. Tanzt die ganze Nacht. Allein durch die ganze Nacht und denkt an nichts.

Verkatert wacht er am nächsten Morgen auf und sucht sofort nach dem Zettel in der Hose.

Er ist noch da und er hat noch genug Zeit in aller Ruhe wach zu werden.

Sarahs Idee war großartig. Aber es war riskant von ihr gewesen ein profanes Mittel wie einen Zettel zu benutzen. Das hätte man durchaus diskreter machen können. Es war zu hoffen, dass das Screening Stufe eins noch keine tragbaren Gigahertz-Scanner

verwenden würde. Aber nun gut.
http://www.youtube.com/watch?v=y_VYGg81dSU Das war alles, was auf dem Zettel stand.
Super. Wie sollte er nun zu dem Link gelangen, ohne ihn direkt einzugeben. Als könne er sich alle Links merken die sie schon mal geteilt hatten. Es musste also ein Link sein, den sie noch nicht geteilt hatten. Vor einer Weile hatte er ihr einen Film empfohlen, den er gerne selbst nochmal sehen wollte und auf den sie auch bereits einmal durch Zufall gestoßen war. Gut also sehe ich mir diesen Film nochmal an. Auf diesem Wege werde ich sie finden.
„Irgendwie ist die Life Aufnahme dreckiger als das original. Das Original klingt leider geiler."
Alles klar, das war sie. Sie hatte sich mit einem Fake Account eingeloggt. Es war der Kosename, den ihr ihre Oma gab. Für sie war das damals eine Art Geheimnis. Sehr gut. Dann mal sehen. Gab es eine Life Band aus der Gegend die ähnliches Zeug spielte?
„The Reality Syndrome" klingen nach dem Dreck wie auf der Life Aufnahme aus dem Proberaum. Die spielen bald hier."
Und abgemeldet.
Mitten im Konzert würden wir uns treffen.
Endlich nicht mehr allein. Sie forschte auch weiter. Ab sofort müssten wir uns benehmen wie paranoide. Wir würden auf sehr schmalem Grad tanzen.
Es würde unglaublich laut werden.
Einfach Alles. Alles was danach folgen würde.

„Hast du dir die Tetra Aufnahmen reingezogen?"
„Ja, aber es war schwer. Ich weiß nicht wie weit ich gekommen bin. Von welchem Stand sind deine letzten Aufnahmen?"
„Von gestern. Aber ich bin mir nicht sicher, ob ich Originale habe. Für mich sehen sie aus, wie Kopien von vorigen

Aufnahmen. Ich bin mir sicher, das sie gemerkt haben, wonach ich da Suche."

„Ich glaube ich weiß auch wonach du suchst. Ich habe die Aufnahmen bis in die kleinstmögliche Optische Struktur aufgelöst und nanoskopische Aufnahmen davon angefertigt. Über alle diese Aufnahmen habe ich eine digitale Matrix gelegt. Da habe ich ein biometrisches Bilderkennungsprogramm so umkonfiguriert, das es in der Lage ist, anhand der digitalen Matrix kleinste Veränderungen zu bemerken und auf ein Muster hin zu überprüfen."

„Fantastisch! Ich habe mir noch weitere Aufnahmen von anderen Satelliten mit weiteren Spektralbereichen besorgt und miteinander verglichen. Was hast du rausbekommen?"

„Das sich innerhalb eines Quadranten in unserer Galaxie etwas auf uns zu bewegt. Man würde es nie vermuten. Eigentlich geht es im Bilderrauschen unter. Aber es ist definitiv eine regelrechte Formation, die sich auch zunächst nicht verändert. Es liegt auch nicht am Bildmaterial. Als ich das gesehen habe, habe ich mir uralte Aufnahmen aus dem gleichen Sektor angesehen. Ich habe die gleichen Muster wiedergefunden. Der Veränderung nach zur urteilen, ist diese Formation seit bereits mehreren tausend Jahren unterwegs zu uns. Dazwischen habe ich weitere ähnliche Muster gesehen, die sich mit unglaublicher Geschwindigkeit ständig durch das Bild bewegen. Das hat sich auch zyklisch wiederholt. Aber ich habe keine Ahnung was es ist. Es fliegt aus dem Bildrand raus in Richtung galaktisches Zentrum. Interessanter Weise vermehrten sich die Objekte mit dem Auftreten der schnellen Muster. Sehr verwirrend das ganze. Mehr Daten konnte ich noch nicht auswerten."

„Das ...das...das ist ja unglaublich!!!! Weißt du noch in welchen Abständen diese schnellen Muster aufgetaucht sind."

„Interessant das du fragst. Mir ist ein periodisches Muster aufgefallen. Nach dem siebzehnten mal taucht die erste

Wiederholung eines Musters auf. Mir scheint es, das die Periode sich nach den Primzahlen orientiert. Also von 1-17 nur mit Primzahlen."

„Ach du scheiße!!! Meinst du eine Art fraktales Muster?"

„Ja...genau!!!...Jetzt komm schon !!"

„Ich habe bei den Auswertungen der Spektralaufnahmen festgestellt, das sich das Schwarze Loch periodisch verändert. Es scheint förmlich zu pulsieren. Dieser Rhythmus ist fraktaler Natur, genau so wie du ihn gerade beschrieben hast. Ich frage mich, was da draußen los ist!"

„Wie bitte? Willst du damit sagen das irgendwas von außen in der Lage wäre, ein schwarzes Loch zu beeinflussen?"

„Siehst du den Zusammenhang denn nicht? Ich bin ja selbst vollkommen überrascht. Ich dachte wir wären da an einer physikalischen Entdeckung dran, also einem natürlichen Phänomen. Was selbstverständlich verheimlicht wird um eine Panik zu vermeiden. Jetzt erzählst du mir hier so was! Wenn wir nicht beide das gleiche Mathematische Muster gefunden hätten, würde ich uns direkt einliefern lassen. Aber ich glaube nicht an einen Zufall in so vielen Dimensionen gleichzeitig!"

„Ich will mir das nicht vorstellen. Ich will mir vorstellen, das es eine Art Strahlung ist. Und eine äußerst seltene Formation von Asteroiden, deren besondere gravitative Eigenschaften sie in Formation fliegen lässt."

„Und wieso werden es dann mehr?"

„...wegen ihrer besonderen..."

„....gravitativen Eigenschaften...ja ist klar....und dieser Streifen ist Strahlung. Hör dich doch mal reden! Da schießt Irgendwer auf Irgendwas!"

„Hör Dich mal reden! „Star Wars" oder wie? Komm mal wieder runter! Das hat doch erst mal super geklappt mit dem Treffen. Lass uns das Bildmaterial doch noch ne´ Weile auswerten und dann haben wir vielleicht auch ne´ deutlichere Datenlage. Weißt du, du hast eigentlich gar kein Problem. Du bist nur einfach viel zu ungeduldig."

„Ach, der verdammte Geduldshammer. Sag mal wie weit sind die Objekte denn eigentlich noch theoretisch von uns weg?"

„Ich konnte ihren Kurs leider nicht genau bestimmen, weil 3D Aufnahmen solcher Perspektiven kaum aufzutreiben sind. Im kürzesten Fall vermutlich noch mehrere Jahre. Aber es können genauso gut noch tausende sein. Ich sag ja, wir brauchen eine klare Datenlage."

Sie genossen das Konzert und verabredeten sich in einem Monat erneut für ein weiteres Konzert was sie wieder über YouTube verabreden würden. Danach müssten sie sich einen neuen Kommunikationsweg ausdenken. Sie verließen getrennt und völlig unprätentiös das Konzert.

Der folgende Monat war für Simon hart. Er hatte sich wie immer sehr wohl in Sarahs Nähe gefühlt. Das sie derart begabt war im Verarbeiten von Informationen und sie dies genauso Wissbegierig wie er betrieb, macht sie sogar noch interessanter. Aber da machte er sich was vor. Sie sah die Dinge letztlich doch noch anders. Sie verließ sich immer noch zu sehr auf gewohntes. Nun nichts desto trotz hatte sie ihn auf eine außergewöhnlich gute Spur gebracht.

Sarah war sich nicht sicher, worauf sie sich da verdammt nochmal eingelassen hatte. Wenn er ein Spinner war, dann ein verdammt guter. Aber sie war sich immer noch nicht sicher, was sie denken sollte.

Es war eine Woche vor dem Verabredeten Zeitpunkt. Sarah stürmt aus dem Haus und setzt sich in das Auto. Wie Wahnsinnig schießt sie durch die Straßen. Außer Roten Ampeln überfährt sie außerdem jede sittliche Angepasstheit. Welche Screening Stufe sie morgen haben würden, würde morgen wahrscheinlich niemanden mehr interessieren.

Es war schon spät und so gut wie niemand war mehr auf den Straßen. Sie konnte richtig Gas geben, ohne ein schlechtes Gewissen zu haben. Sie war auf einer Mission. Die ganze Fahrt über ist sie wie berauscht und in Trance.

Auf den letzten Kilometern, die sie auf einer kurvigen Landstraße durch eine Felderübersähte Landschaft führt, schreckt sie durch die Fernscheinwerfer eines hinter einer Hügelkuppe entgegenkommenden Fahrzeuges auf.

„Vollidiot", lallt sie, immer noch von ihrer Trance Benommen. Sie blendet mehrfach auf und erreicht die Hügelkuppe. Das Licht wird immer Heller. Sarah überquert die Kuppe.

„...ach du...scheiße!!!"

Hinter der Hügelkuppe auf der linken Seite mitten im Feld schwebt, mit der Spitze nach unten, ein Quadratischer Kubus in der Größe eines Ein-Familien-Hauses. Mit silbernen Rändern wie aus flüssigem Chrom. Wie hinter perlmutten schimmerndem Acryl schwebt inmitten des Kubus eine winzige Sonne gleißenden Lichtes irisierend in mächtigen Farben. Um den Kubus herum stehen im Dreieck angeordnet wie Neonröhren fluoreszierende pyramidenartige Gebilde.

Sarah tritt das Gas voll durch.

„Die Indigo Prozedur ist abgeschlossen."

„Und?"

„Wie gehabt."

„Dito."

„Prozedur Blau wird eingeleitet."

„Jetzt beruhig´ dich doch mal endlich."

„WAS?? Du hast ja keine Ahnung!"

„Doch die habe ich, aber das wird noch was dauern."

„Nein, wird es nicht! Es hat schon angefangen!"

„Wie bitte, aber das ist doch physikalisch gar nicht möglich weil...."

„Halt die Klappe! Mach mir nen Tee, setz´ dich und halt die Klappe du irrer!"

„Wow, wie charmant."

„Kannst du mir mal mit der Scheißjacke helfen...bitte?!"

Wenig später sitzen die beiden beim Tee zusammen am Esstisch und Sarah erzählt ihm von ihrer Fahrt.

„Du willst mich verarschen! Hast du ein Video davon?"

„Du Idiot, ich darf sowas doch nicht mitführen wenn ich zu dir unterwegs bin. Wenn ich allerdings gewusst hätte das es schon so weit ist, dann wäre es mir auch egal gewesen."

„Was ist denn jetzt eigentlich los...also ich habe rausgefunden das..."

„...halt mal die Klappe jetzt. Wir werden wahrscheinlich innerhalb der nächsten Stunden eine Außerirdische Invasion miterleben."

„Das ist nicht dein Ernst?!"

„Doch, du hattest recht. Die Objekte sind Raumschiffe. Auf späteren Bildern habe ich gesehen, das aus der gleichen Richtung wie die schnellen Muster, auch ähnliche Objekte zu finden waren, die sich vergleichbar schnell bewegten wie die Objekte, die aus dem Zentrum kamen. Im Schnittpunkt beider Bewegungen liegt auch die Erde. Die Objekte die von Außerhalb kommen, werden uns vermutlich in ein paar Stunden erreichen. Zumindest die Objekte die ich ausmachen konnte. Ganz offensichtlich gibt es da auch kleinere Objekte....die schon hier sind. Ich nehme an es sind Sonden."

„Das ist echt harter Tobak.... Fuck!"

„hmmmm"

„Auch ein Whisky?"

„Alles was du hast! Und dann erzählst du mir, was du über die schwarzen Löcher herausgefunden hast. Und schieb´ ne Pizza rein."

„Die Schwarzen Löcher pulsieren. Vielmehr ihr Schwerefeld. Ich habe festgestellt, das sich der Rhythmus der Pulse einiger schwarzer Löcher die bekannt sind, anzugleichen scheint. Das bedeutet, das unsere Galaxie nun Gezeiten ausgesetzt ist. Gravitativen Gezeiten. Die erste dieser Wellen ist auf dem Weg. Aber das wird noch Jahrtausende dauern bis die hier ankommt. Viel schlimmer ist was anderes. Die schwarzen Löcher, deren Pulse sich angleichen, bilden ein Muster. Wenn sich die Schwerkraftwellen in ein paar Millionen Jahren im Zentrum treffen, wird das ein Feedback erzeugen, welches unser gesamtes bekanntes Universum durcheinander bringt."

„Na sicher, das wird irgendwann passieren, man nennt es Urknall."

„Im Urknall wird alle verfügbare Materie verdampft. Es muss alles verdampft werden, weil sonst ein neuer Urzustand nicht möglich ist. Die Natur richtet das auch so ein. Aber hier wird nicht alle Materie zusammengeballt , sondern scheinbar nur eine ganz bestimmte Menge. Das reicht nicht für einen Urknall. Abgesehen davon das es dafür eh zu früh wäre, halte ich es für sehr wahrscheinlich, das dies mit deinen Mustern zu tun hat. Offenbar werden die betroffenen schwarzen Löcher von außen manipuliert......Aber so etwas könnten nur Götter!"

„Tja, genau die werden wir wohl bald kennen lernen. Die schnellen Muster gehen von einem Objekt aus, was in einem Bereich liegt, den wir nicht erforschen können, weil dort dunkle Materie vorherrscht. Das was da drin ist ist riesig! Aber es sind keine Götter. Es ist scheinbar eine gigantische Maschine. Ich wüsste nur auch zu gerne, wofür die das brauchen."

„Wofür braucht jemand die Energie mehrerer schwarzer Löcher?"

„Vielleicht können wir sie ja morgen fragen."

„Lass uns mal gucken, was andere rausgefunden haben."
Nach einer Weile Stoßen sie auf merkwürdige Videos.
„Ach du scheiße! Die Kämpfen da im Orbit mit der Vorhut.
Fuck! Ich wusste wir haben bewaffnete Satelliten! Keine Chance
wir losen total ab. Shit! Shit shit shit!"
„Hier guck mal...Das ist angeblich von der galaktischen
Föderation des Lichts. Originalaufnahmen von einer der
Flotten....hier wird behauptet wir würden gerettet....die gehören
also nicht zusammen? Vielleicht helfen die uns...ich dachte die
Typen wären alle Spinner. Richtige irre. Die können sich
zumindest nicht vorwerfen, sie hätten's nicht versucht. Vielleicht
hätten wir mehr tun können....meine Fresse was geht hier
ab....!?!?!?"
„Irgendwie sieht's ziemlich übel aus so insgesamt...zu blöd das
wir's keinem mehr Erzählen können...was.....wenn.......Sarah...."
„Ja, ja, Bild' dir nix ein, aber offenbar bist du Unfassbarerweise
gerade tatsächlich das letzte verfügbare Männchen auf dem
Planeten. Ich lasse mich doch nicht ungefickt ausrotten! Gut das
wir noch was Zeit haben, damit ich mir ordentlich einen
ansaufen kann um das zu ertragen.
Ich schwörs dir, wenn's morgen nicht vorbei ist nach der
Nummer hier, schneid' ich dir die Zunge raus und stopf' dir den
Sack in die Fresse. So, Whisky du Niete!"
Sie steht auf, schnappt sich die Whiskyflasche und setzt sich auf
Simon. Sie nimmt einen kräftigen Schluck und lässt ihn durch
einen Kuss an dem Brennenden Vergnügen teilhaben.

Der Morgen graut.
„Brötchen?"
„Wenn's noch ne' Bäckerei gibt."
„Bis später."
„Denk an die Eier."
Simon geht zur Tür raus und sieht sich um. Es ist Sonntag

Morgen. Nichts los. Gar nichts.

„Das kann ja ein spannender Tag werden." denkt sich Simon und geht zum Bäcker. Mittlerweile könnte er einen Koala-Bären essen! Kurz bevor er wieder an der Haustür ankommt braust ein heftiger Wind auf. Keine Böen. Ein direkter heftiger warmer Strom. Eine Atombombenexplosion, war Simons erster Gedanke. Simon sieht in Richtung des Windes und lässt die Tüte fallen.

Kein Licht.

In weiter Ferne sieht er im Himmel undeutliche Maschinenhafte Muster verschmelzen mit dem blau des Himmels. Es sieht aus als wären fliegende Wolkenkratzer versteckt in den Wolken. Doch die Konturen lösen sich von den Wolken und kommen langsam und stetig näher. Es sind gigantische Konstrukte, wie eine Mischung aus Kristall, Maschine und Bauwerk. Es sind viele in den verschiedensten Größen. Alles kubisch wie willkürlich zusammengesetzte Salzmoleküle oder Siliziumkristalle mit Antennen und geometrischen Anlagen übersät.

Es ist eine Armada. Eine schier unendliche Zahl von Maschinen bevölkert den Himmel.

„Sarah, komm schnell sieh dir das an!"

Sarah kommt mit einem Messer in der Hand zur Tür.

„Ich hab dir doch gesagt denk an deine...." Sie lässt das Messer fallen.

„Du hattest leider recht."

Plötzlich dreht Sarah total ab und fängt an wie wild rumzuspacken.

„Wieso schießt denn keiner auf Die!!!! Scheiße, warum schießt Die denn keiner ab!!!FFUUUUCCKKK!!!!!"

„Jetzt beruhig´ dich mal! Klar, das sind echte Raumschiffe von Außerirdischen, die ganz in echt das schwarze Loch unserer

Galaxie verändern. Und ja, wir haben auch schon sowas wie Düsenjets und gaanz tolle Raketen. Vielleicht könnten wir ja sogar einen unserer mächtigen Teilchenbeschleuniger auf so ein Ding richten. Genau, wir sollten auf jeden Fall kämpfen.....Sieh 's doch mal so, vielleicht werden wir ja nur versklavt und......"
„Schau!"
Ein blaues Schimmern strömt aus dem Raumschiff und legt sich über die Häuser der Stadt am Horizont.
„Alles verschwindet einfach! Sie lösen unsere Welt auf! Scheiße, wir müssen sofort weg!"
Gehetzt stürmen beide zum Auto und geben Gas.
„Und wie bitte sollen wir verschwinden?"
„Vielleicht hören die ja mal auf, oder machen mal Pause.."
„Aber klar, vielleicht laden sie dich noch auf ein Tässchen Tee ein! Hast du's nicht kapiert in was für einem Ausmaß die Operieren. Die Ernten uns einfach ab!"
„...Egal, alles Egal ich will einfach nur so lange leben wie's geht. Wir fahren zum nächsten Flugplatz."
„Ich bin dabei, aber leider findet die Vernichtung in Überschall statt und ohne Atmosphäre kommen wir dann auch nicht mehr besonders weit."
„Dann sind wir immerhin mal Jet geflogen."

„Sie haben bereits begonnen, den Planeten zu ernten. Unsere Streitkräfte haben sie aber bald erreicht. Wir werden mit ihnen fertig. Sie haben unsere Truppenbewegungen nicht bemerkt."
„Sehr gut. Mit Verlusten war zu rechnen. Wie viele werden wir schätzungsweise mitnehmen können?"
„Wenn keine Zwischenfälle auftauchen, 3-4 Milliarden. Bestenfalls können wir damit rechnen, den Vorstoß etwa tausend Jahre aufzuhalten."
„Besser wäre es, mehr rauszuholen."

„WOW!!! Schau dich mal um!"
Ein Leuchtfeuer sondergleichen strahlt von oben und im gleißenden Licht vergehen die Maschinen in den Wolken.
„Die andern sind auf unserer Seite, sie haben es geschafft!"
„Echt schade um deine Eier."

Einige Stunden später ist die Schlacht um die Erde entschieden. Die gigantischen Raumer der Fremden landen überall auf dem Planeten wo Platz ist, der Rest versammelt sich im Orbit.
Die Kontaktaufnahme findet statt und auf der ganzen Welt wird zur gleichen Zeit eine Ansprache des Flottenadmirals der Fremden live übertragen. Er ist Menschenähnlich. Man sieht ihm an, das er offenbar aus den gleichen Quellen stammt wie wir. Er ist Fremdartig und anders, aber wie wir.
„Liebe Mitlebewesen....", übersetzt irgendein komisches Gerät in einer komischen Stimme die seltsame krächzige Sprache, die man im Hintergrund noch wahrnehmen kann.
„...wir kämpfen gegen einen Feind, der schon seit Jahrmilliarden sein Unwesen im Universum treibt.
Es ist eine Rasse, der andere Lebewesen vollkommen egal sind. Es ist eine sehr intelligente energetische Lebensform. Sie haben keine Gefühle, wie wir sie kennen. Wir haben versucht Kontakt mit ihnen aufzunehmen. Doch unsere Botschafter sind nie zurückgekommen. Sie ernten alles an Energie, was sie verwerten können. Nachdem was wir gehört haben, reisen sie zwischen den Galaxien und lösen alles auf. Weiterhin verfolgen sie einen Plan, den wir bisher noch nicht verstanden haben. Wie bereits erwähnt, benötigen diese Wesen offenbar Unmengen an Energie. Seit mehreren Millionen Jahren bereits versuchen sie Energie aus schwarzen Löchern zu gewinnen. Dabei zerstören sie eine Galaxie nach der anderen. Durch die Beeinflussungen von ihnen werden die gravitativen Stabilitäten innerhalb der Galaxien

durch Gravitationsgezeiten durcheinander gebracht. Die erste Wellenfront ist hierhin unterwegs. Wir sind auf der Flucht und im Krieg gegen diese Wesen. Ihr seid sehr viele und besitzt immerhin technologische Grundlagen und Ressourcen. Lasst uns miteinander Teilen, was wir haben um gegen diesen Feind zu stehen und schließt euch uns an! Wenn ihr hier ausharren wollt, bis es vorbei ist, so ist das eure Entscheidung. Abgesehen davon benötigen wir sehr viele Ressourcen. Wir würden euch durch Technologie mehr als ausreichend belohnen oder auch einfach weiter ziehen, so ihr dies wünscht.

Geht in euch, es ist wahrscheinlich eine eurer letzten Entscheidungen. Eure Politiker spielen hier keine Rolle. Es geht um jeden Einzelnen. Morgen um 10 Uhr jeweiliger Ortszeit erhält jeder Einzelne die Möglichkeit sich zu entscheiden. Dementsprechend werden wir uns verhalten."

Inmitten einer zertrümmerten Erde, verursacht durch einen Intergalaktischen Krieg? Wie würde man sich da schon entscheiden?

Am folgenden morgen um zehn Uhr schwebte vor jedem Menschen plötzlich eine kleine holographisch aussehende Tafel mit Entscheidungsmöglichkeiten.

Es enthielten sich nur wenige.

Die Menschheit ging in den Krieg.

Die Vorbereitungen liefen mehrere Jahre.

Zurückgelassen wurde eine leere Erde, die nur noch als Zwischenlager und Außenposten diente. Vier Fünftel der übrig gebliebenen wurden auf Raumschiffe verteilt.

Sarah entschied, das man Simons Eier unter Umständen noch brauchen könnte und beide gingen auf das gleiche Schiff. Simon lebte sogleich seine Phantasie aus und bewarb sich dafür, ein Kampfraumschiff zu fliegen und begann eine Ausbildung. Sarah wollte unbedingt mehr über die Geschichte der Völker und der

Geschichte dieses Krieges herausfinden und begann zu studieren.

Sie wurde immer zurückgezogener und vertiefte sich bis zur Selbstvergessenheit in ihr Studium.

„Scheiße!", brüllte sie eines Tages plötzlich während sie nebenan beim lesen saß.

„Was ist denn mit dir los?"

„Ach fuck...lass mich in Ruhe. Rede einfach nicht mit mir bitte. Nur mal ein, zwei Tage nicht."

„Das du diese Psychokacke nochmal aufwärmst, hätte ich nicht gedacht. Was ...."

Sie geht zu ihm, legt die Arme um seinen Hals, Küsst ihn und sagt:

„Bitte halte die Klappe! Bitte! Sei einfach da für mich ja? Und hör auf zu fragen!"

„...aber..."

Sie lässt ihn los, legt einen Finger zärtlich über seine Lippen und geht zurück zu ihrem Buch. Sie klappt es zu und beginnt auf ihrem Pad wie wild zu schreiben.

Er geht zu ihr, nimmt sie in den Arm, haucht zärtlich einen Kuss auf ihren Nacken. Sie drückt seine Arme fest und schmiegt ihr Gesicht an ihn. Zärtlich beißt sie ihn, streift seine Hand ab und lässt das Stakkato der Tasten erneut in aller Wildheit erklingen.

Ein bisschen traurig wendet Simon sich ab und widmet sich den Studien zur Antriebstechnik.

Sie blicken sich oft an, liegen sich in den Armen, frühstücken zusammen, aber schweigen.

Am Ende des zweiten Tages freut sich Simon nicht länger schweigen zu müssen.

„Ich weiß, morgen erst..."

„Ist schon gut. Ich kann auch nicht mehr. Es ist auch alles erledigt und vorbereitet. Und ich brauche deine Hilfe.Guck nicht so blöd und hör mir zu!

Was denkst du wofür du hier kämpfst? Für dich ist jetzt alles in Ordnung, du bist kein Spinner und hattest Recht mit allem. Du bist endlich da angekommen, wo du dich schon immer hingewünscht hast. Du hast aufgehört zu fragen. Ich nicht. Dies ist genauso wenig real, wie das, was vorher war. Die Realität ist eine andere."

„Was ist denn los mit dir?"

„Halt die Klappe. Das ist ne komplexe Angelegenheit und wenn du ständig dazwischenquatschst, weißt du nicht worum's geht, also hör mir endlich verdammt nochmal einfach zu!

Du hast damals nach all dem gesucht, weil du an etwas geglaubt hast. Weil du dir die Welt so wie sie war nicht erklären konntest. Du wusstest da muss mehr sein als dieses alberne Dasein. Aber glaubst du, weil hier alle cool sind und wir uns beim Vögeln von einem zum andern Planeten Beamen können, und sie deinen Wünschen entspricht, wäre diese Welt eine bessere?

Was hat dich wirklich hier her geführt? Dein ganz spezieller Wunsch, an einem Intergalaktischen Krieg teilzunehmen, weil das ja das größte ist? Endlich einen richtigen Gegner, endlich das richtige Böse, nicht bloß irgendwelche fiesen Diktatoren. Endlich gegen echte Dämonen kämpfen. Klar ist das geil. Aber das hier ist kein Spiel. Ich weiß was deine Krankheit ist. Sorry für den Psychokram. Du kannst einfach nicht die Realität erkennen. Eigentlich ist es schade um deinen ansonsten brillanten Geist."

„Hör mal, fertig machen kann ich mich selbst besser! Vielen Dank! Tatsächlich bin ich mittlerweile ein ganz klein bisschen davon Überzeugt, das diese Wesen den Kern der Bosheit in sich tragen. Es ist zumindest ziemlich asozial was die machen."

„Weißt du eigentlich mit was die tollen Shuttles und diese Riesigen Kreuzer und überhaupt alles hier angetrieben wird?"

„Häh?? Ja natürlich, aber was..."

„Na du toller Pilot erzähl doch mal.."

„Durch pulsierende Energiefelder...die...“

„.........“

„Das dir das noch nicht aufgefallen ist du Depp!“

„Du willst mich verarschen!“

„Also, woran glaubst du?“

„Scheiße! Verdammte Scheiße!!! Das erklärt diese Irren Konstanten der Schubparameter. Es gibt nämlich eigentlich gar keine logische Erklärung, für die Leistungswerte der hier verwendeten Aggregate. Ich wollte mich mit dem Thema ebenfalls befassen. Erzähl, was hast du alles rausbekommen? “

„Ich habe mich mit allen Themen rund um Energiegewinnung befasst und dabei alle Methoden aller Völker die hier vertreten sind studiert. Die Energiemengen die diese Flotte verbraucht ist mit diesen Mitteln gar nicht herstellbar. Das ist noch niemandem aufgefallen, weil die allermeisten Lebewesen einen viel naturalistischeren Umgang mit Physik haben. Sie hinterfragen nicht so viel. Was daran liegt, das wir hier, weil wir die jüngsten sind, die mit Abstand primitivste Rasse sind. Aber wir können eben noch Fragen stellen, die die anderen schon längst vergessen haben. Und so konnte ich im Grunde die Sicherheitsbarrieren umgehen und Informationen mit einander verbinden und Abrufen, die sonst nicht zugänglich sind, ohne das es jemand merkt. Also, der Antrieb funktioniert mit Hilfe pulsierender Energiefelder. Jetzt rate in welchem Muster sie pulsieren? Genau. Die feindlichen Außerirdischen sind auch energetische Wesen. Wir erschaffen energetische Lebewesen um mit ihnen unsere Schiffe anzutreiben und stören ihre Kommunikationswege. Diese Kommunikationswege sind aber eher wie Überlandleitungen. Auf ihnen wird Energie übertragen. Diese Wesen kommunizieren mit massiver Energieübertragung. Das sind die Felder, die unsere Materie miteinander Verbindet. Die Strings sind die DSL-Leitungen dieser Wesen. Unsere Antriebstechnik saugt die Energie aus ihren

Kommunikationswegen. Wir halten das für Physik, weil wir sie falsch verstanden haben. Und daher kommt die fehlende Energie. Ohne diese Energiefelder würden die Aggregate nicht funktionieren. Keinem Wissenschaftler der hier Vertretenen Völker scheint das aufgefallen zu sein, weil alle eine ähnliche Form von Mathematik benutzen, die aus einer fehlenden Einheit einfach eine Konstante macht.

Also wissen sie es nicht und eine Kommunikation mit den Energie-Wesen ist so gut wie unmöglich. Aber sie hat stattgefunden. Diese Wesen waren einst wie wir. Sie sind die derzeit höchste Evolutionsstufe in diesem Universum. Sie sind wie Götter. Ihr Verhalten liegt jenseits unserer Moral und Ethik. Sie sind uns noch nicht einmal böse, das wir ihresgleichen als Antrieb nutzen. Aber dadurch müssen sie sich eben neue Wege eröffnen an Energie zu kommen. Und da für sie der Zustand reine Energie zu sein nichts schlimmes ist, haben sie keine Skrupel uns aufzulösen. Es ist ihnen letztlich auch schlicht egal. Sie haben andere Ziele. Ich habe berechnet was passiert, wenn sie es schaffen, die Singularitäten zu synchronisieren. Sie werden das gesamte Universum in einen neuen Energetischen Zustand bringen. Sie fühlen sich hier in der Falle. Ihre Energie wird für die Sinnlose Aufrechterhaltung von primitiver körperlicher Existenz verschwendet. Wobei sie es so nicht betrachten. Für sie sind wir eher so etwas wie ein Virus im System, der immer wieder ihre Ressourcen befällt. Ich will kein Virus sein! Ich werde mich ihnen Anschließen! Ich will andere Dimensionen sehen!"

„Sie werden dich einfach aufsaugen."

„Das werden sie sowieso tun. Wir haben überhaupt keine Chance gegen sie!"

„Und wie haben wir dann deiner Meinung nach Überlebt?"

„Glück. Wir sind nur die Fliege auf dem Arsch eines schwanzwedelnden Elefanten. Die einen erwischt's, die andern nicht. Du hast es selbst schon mal gesagt. Wir haben ja ganz tolle Jets und so...du erinnerst dich? Wenn es drauf ankommt, drehen die uns einfach den Saft ab. Die lassen uns nur deswegen machen, weil es ihnen noch zu egal ist. Wir sind ihnen im Grunde fast vollkommen Egal."

„Ja eben! Und dann willst du einfach da hingehen „Hey Jungs ich hab´total Bock auf Transzendenz."?"

„Genau das. Ich kann entweder in einem Raumschiff brennend sterben und dabei den Untergang meiner einzigen Hoffnung miterleben, oder versuchen einen neuen Weg mitzugestalten."

„Wie gesagt, sie werden dich einfach aufsaugen. Ich werde nicht aufgeben! Es mag sein das diese Wesen in deinen Augen sowas wie Transzendente Geistwesen sind, mit der Weisheit ausgestattet, zu Erkennen das du, Körperliches Wesen, ein ihnen ebenbürtiges Bewusstsein hast. Für mich sieht es eher danach aus, als würden diese Wesen unseren Lebensraum und den vieler anderer Lebewesen zerstören. Der dumme klassische Überlebenskampf."

„Das gefällt dir. So einfach ist die Welt aber nicht. Diese Wesen erheben unser bekanntes Universum auf eine höhere Daseinsstufe! Das ist eben Evolution. Wir können das nicht aufhalten. Das ist keine Zerstörung sondern eine Transformation. Diese Wesen leben schon seit mehreren universellen Zyklen. Ihr Dasein durchwirkt uns. Im Grunde drückt sich ihr gesamtes Handeln durch die Art unserer Existenz aus. Ich habe vom Anthropischen Prinzip nie viel gehalten, aber das ist eine völlig neue Betrachtungsweise. Die Energien des Urknalls ausnutzen um unser Universum auf eine neue Ebene zu transportieren. Evolution ist nichts rein Biologisches. In dieser Ebene spielt so etwas wie Zeit gar keine Rolle. Alles ist gleichzeitig. Realität und Wunsch verschmilzen. Dadurch entstehen Wunderbare Möglichkeiten für das Bewusstsein. Das geht aber nur ohne Körper, so wie wir ihn kennen. Diese Form von Energie wird dann für anderes genutzt. Und ich will zur Hölle wissen wie das ist!!! Ich will ein bewusster Teil davon sein. So wie diese Lebewesen. Ich will wie sie sein und ich will das mit dir zusammen erleben. Ich will mit dir erleben, wie eine neue Dimension erschaffen wird und freies Bewusstsein als pure Energie durch das Nichts jagt und zu Allem wird! Das ist das Ultimative. Dagegen waren Kolumbus und die Mondlandung ein Scheißdreck! Sie saugen uns nicht auf oder ernten uns einfach ab. Das Bewusstsein bleibt. Warum, denkst du, sind sie so mächtig? Weil sie alles Sinnlos zerstören? Denkst du solche Wesen setzen einfach so alles auf's Spiel? Die haben auch was zu verlieren!"

„Mit dieser unkörperlichkeit kann ich mich noch nicht so ganz anfreunden....es gibt Leute, die sagen, genau so wäre der Tod."

„So ein Quatsch! Diese Wesen sind nicht böse. Es sind unsere Vorfahren! Im Prinzip arbeiten wir alle an der gleichen Aufgabe, nur Die schon viel länger. Und jetzt endlich haben Sie´s geschafft, bevor wieder ein neuer Urknall Ihr Werk zerstört und dieser ganze Schwachsinn wieder von vorne anfängt. Wir sollten ihnen helfen, statt sie zu bekämpfen. Sonst hört das nie auf. Du wolltest doch in eine neue Welt. Diese Welt, die wäre wirklich mal was Anderes. Komm mit!"

„Aber du sagst es doch selbst! Die Welt ändert sich nicht! Glaubst du das wir auf höheren Entwicklungsstufen anders wären? Darum geht es doch! Unsere Art von Bewusstsein ist nicht in der Lage, das zu ändern! Und wenn wir ein neues Universum schaffen würden, würde es doch das Gleiche bleiben, nur anders aussehen. Sieh doch wie sie mit uns Umgehen! Kommunikation, was ist das? Was mir hier angeboten wird, scheint mir auch kommunikativ genug zu sein. Ich bin mir ziemlich sicher, das unsere großen Alten da auf dem Holzweg sind! Was macht sie denn so weise? Ihr alter? Wir erleben unser Universum doch auf eine ganz andere Weise!?!!"

„Vielleicht ist das ja die Chance? Vielleicht sollten wir unsere Eindrücke einfach teilen? Vielleicht ist jetzt die Zeit dazu. Vielleicht ist das auch genau so gut, wie einen sinnlosen Krieg zu führen. All das wissen wir nicht. Die auch nicht. Deswegen brauchen wir mehr Zeit. Und wie man die herstellt, das haben Die rausgefunden. Wir brauchen mehr Zeit! Deswegen unterbrechen sie den Zyklus unseres Universums und erschaffen für uns eine neue Dimension. Eine Dimension außerhalb der Zeit. Eine Dimension in der Entwicklung keine Grenzen kennt. Und wir sind dafür gemacht, sie zu gestalten. Los komm mit du Niete!"

„Also du meinst wir müssen nie wieder früh aufstehen?"

„Nie wieder!"

Virus erkannt.
Schutzhülle entfernt.
Kern weist neutrale Muster auf.
Kern Isoliert.
Kern in Quarantäne verschoben.
Kern Analysiert.
Überflüssige Strukturbestandteile entfernt.
Stabile Elemente Extrahiert.
Sensorische Anpassung durchgeführt.
Bewusstseinselemente integriert.
Update Erfolgreich.
Neue Programme Verfügbar.

Café

Wir gehen uns entgegen, mein Herz, dein Herz. Wir sehen uns schon von weitem und schauen uns durch die Passanten hindurch an. Nehmen uns in die Arme und hauchen uns zärtlich einen Kuss auf die Wangen.

„Wie geht es dir?"

„Gut. Und dir?"

„O.K."

Schweigend gehen wird nebeneinander zu dem Café´ an der Ecke, an dem Platz, an dem sich uns, vor allem mir, so viel über die Stadt und die Menschen eröffnete.

Die Stadt der flüchtigen Liebe. Deine Stadt, meine Stadt, unsere Stadt.

Die Stadt unserer Liebe, unserer Zerrissenheit.

Vielleicht hat sich in jedem von uns die Stadt anders gespiegelt und reflektiert. Schillernd, düster, neblig, bunt. Ein Ort voller Geschäftigkeit, Kunst und Neurotik . So zerrissen wie du und ich.

Lange sitzen wir da und schweigen.

Was gibt es noch zu sagen ? Alles und Nichts. Alles ist anders und doch nicht. Wir wussten es und doch nicht.

Die Stadt in der etwas begann, was nur enden konnte und sollte.

Keine Romantik und Nostalgie wie in Paris womöglich.

Ernüchternd, wie einfach die Realität sein kann.

Hat die Stadt uns gefunden, wir die Stadt oder ist alles verloren ?

Vielleicht auch ein Anfang ? Wer Weiß.

Es begann mit uns. Die wir die Liebe für uns neu fanden. Die Einsamkeit war uns beiden eine Last. Vielleicht war es nur der Zweck, der uns zusammenbrachte, doch es sollte mehr sein. Es sollte uns Alles werden.

Du trinkst wie immer einen Kaffee Latte mit viel Schaum.

Ich einen schwarzen.

Deine Liebe wie dein Kaffee.
So Süß, mit weicher Krone, und einem zart bitteren
Nachgeschmack.
Meine Liebe wie mein Kaffee.
Voll düsterer Romantik und Leidenschaft, einfach und stark. Nur
der reine Kaffee.
Vielleicht einen Hauch zu bitter.
Du rührst und nippst, ich mag ihn heiß.
Die Menschen reden um uns herum, die Düfte vermischen sich.
Uns umgibt eine Aura der Zweisamkeit, Gemeinsamkeit,
Einsamkeit.
Die zärtliche Freundschaft, die Liebe, der Kaffee, die Stadt.
Nichts.
Die Welt um uns herum verschwimmt und lässt uns im Nebel
unserer Gefühle zurück.
Unsere Herzen sind noch so roh. Was sollen wir uns sagen ohne
uns zu verletzen ? Jedes Wort wie ein Stich. Aber wir können
nicht gehen. Nicht bis der Duft verflogen ist.
„Susanne, du, ich...." Ich weiß nicht weiter. Ich will weinen, aber
ich darf nicht.
„Björn, es ist......", sie stockt. Schluckt ihren Kloß ebenfalls
hinunter.
Wäre es doch nicht so wie es ist.
„Susanne, es..... es ist gut so wie es ist und war es immer." Ich
liebe dich.
„.... Ich verstehe es zwar noch immer nicht, aber es ist dein Weg.
Auch ich muss nun meiner Wege gehen." Allein...
„Ich war so alleine Björn ! Du fehltest mir so sehr ! Es tat mir
alles weh..." Ich liebe dich... „Jede Nacht ins Kissen gekuschelt,
in Gedanken bei dir. Ich wäre so gern glücklich gewesen, doch
es hat mich aufgefressen. Ich war nur noch ein Hülle der
Erinnerung an dich und uns..." ...du fehlst mir so sehr !... „Dann
das Chaos hier. Tod und Zerstörung. Jeder hier könnte der

nächste Wahnsinnige sein. Jeder das nächste Opfer."
...So allein in der Not.
Ich wünschte ich hätte bei ihr sein können. Doch nur meine
Liebe und meine Wünsche konnten sie begleiten. Nicht die
tröstende Wärme meiner Arme, nicht der Hauch meines Atems
an ihrer Schulter während sie einschläft. Kein festes treues Herz
das Gefühlvoll spürbar neben ihr schlägt. Nur die liebende Seele
in der Ferne, ein so dünner Draht. Ein Draht, einst so stark, nun
verrostet und gerissen. Vielleicht wurde er uns auch zur Fessel.
Ich könnte die Stadt und die Irren verfluchen, doch brachte all
das ans Licht, was längst schon in uns schwelte.
Die Liebe hielt alles zusammen. So viel Liebe....
Zu viel um es zu ertragen, in unserer Zeit , unserem Ort.
Vielleicht wieder woanders, wann anders, vielleicht nie.
...Ich Liebe sie...
...Ich Liebe ihn...
Es fing so gut an. Lange schon liebten wir uns. Lange schon
durchlebten wir Krisen. Diese Entfernung, diese Stadt sollte die
ultimative Herausforderung werden.
Wir waren so guter Dinge, voll Hoffnung, voll freudiger
Erwartung auf die Möglichkeiten die sich uns neu eröffneten.
Die Liebe kannte keine Zeit, keinen Ort. Wir waren so
glücklich !
Doch unsere Liebe verlangte ihren Preis. Wir wussten es, doch
wollte wir nicht sehen.
Ich trinke von meinem schwarzen Kaffee, sie löffelt einen Hauch
Schaum von ihrem und lässt ihn auf der Zunge zergehen. Wie
einen Traum.
Wir starren ins leere. Aneinander vorbei.
„Möchtest du über uns reden ?" Doch ich weiß es gibt nichts
mehr zu sagen. Sie ist längst fort und ich habe sie längst ziehen
lassen. Bin selbst schon auf meinem Weg.
„Worüber denn ?"

„Ich weiß nicht. Vielleicht über die schönen Zeiten, vielleicht darüber warum es zu ende ist."
„Es war so schön mit dir zu reden und mit dir einzuschlafen. Du warst immer da... doch nun... sind wir woanders."
„Menschen ändern sich, so weh es tut."
„Wir sind so weit weg, du fehlst mir, aber wir holen uns nicht mehr ein."
„Ich bin froh mit dir zusammen gewesen zu sein."
„Ja, ich auch. Es war wundervoll, wenn auch nicht immer leicht." Wir schmunzeln mit vergessenem Blick nach unten.
„Wir waren so anders. Ich liebte es. Ich liebte uns." Ich vermisse dich so sehr ! Uns. Es fällt mir trotz allem so schwer dich in Freundschaft ziehen zu lassen, denn ich weiß es wird für sehr lange sein. Wir werden für immer weg sein.
„Björn, ich beginne mich neu zu verlieben. Unsere Glut ist noch in mir, doch ich will mit jemandem zusammen sein, der da ist."
„Ich weiß. Es ist dein Weg. Auch wenn ich es noch nicht verstehen will."
„Quäl dich nicht. Quäl uns nicht."
Sie ist so furchtbar pragmatisch und ich so furchtbar romantisch. Ich will mich streiten, diskutieren mit ihr um unsere Liebe kämpfen, ihr sagen wie unreif mir das erscheint.
„Susanne, warum sind wir so verschieden ? Wie können sich solche Herzen nur so lieben ? Die Welt ist seltsam."
„Das ist sie. Aber so bist du und so bin ich nun mal. Vielleicht finden wir uns wieder. Irgendwann, Irgendwo."
„So hast du es in deinem Brief geschrieben. Ja, vielleicht wird es so."
Ich habe dir Gedichte Geschrieben, mit dem Blut meines Herzens von der Spitze deiner Feder um dich los zu lassen.Um dich zu verabschieden.
Ich hätte sie dir gegeben, doch wären es Steine auf deinem Weg gewesen. Ich liebe dich zu sehr, um dir den Weg zu verstellen.

Nur frei bist du die, die ich liebe. Nur frei bist du die, die ich ziehen lassen kann.
Nur so kann auch ich frei werden. Fliegen, das Glück neu suchen. Meinen Weg gehen.
Die Tassen sind leer. Übrig bleibt eine Spur von Schaum und ein düsterer Schatten.
Kein Rest, aus dem die Zukunft zu lesen wäre.
Die Stadt der flüchtige Liebe, Kultur und kalter Beton, Seite an Seite. Kunst und Kitsch, Wahnsinn und nüchterne Realität.
Keine Romantik wie in Paris, keine Leidenschaft mehr.
Schweigend stehen wir auf und gehen.
Vor der Bahnstation schauen wir uns lange an.
Versinken noch ein letztes mal ineinander, im Wissen um eine Liebe, die einst ewig war.
Nehmen uns zärtlich in die Arme, drücken uns sanft und hauchen uns ein letztes mal „Ich liebe dich" ins Ohr. Langsam gleiten die Finger auseinander. Wir sind fort. Unsere einsamen Tränen vermischen sich mit dem Regen und werden fort gespült.
Eine Tasse Kaffee, nach all den Jahren.
So einfach ist die Welt.

Die deprimistische Gummifotze

Wir wissen so unglaublich viel über so unglaublich Vieles und dabei gar Nichts über unser Paarungsverhalten. Es gibt Leute, die studieren, wie es Ameisen treiben. Über Jahre! Man weiß ALLES darüber!
„...irgendwann dann führt (nicht steckt!) der Mann seinen erigierten Penis in die Vagina der Frau ein..." so steht das im Biologiebuch der fünften oder sechsten Klasse.
Wir werden in der Pubertät, also vom Zeitpunkt des Gelernten aus, in dann etwa 2-4 Jahren, Geschlechtsreif und dann irgendwann später schiebt irgendwer irgendwem was rein. Was es dann mit den Pornos unter dem Bett der Eltern auf sich hat, wissen wir bis dahin auch noch nicht. Wir verspüren nur ständig (also die Männer zumindest) den unwiderstehlichen Drang uns weibliche Schönheit anzusehen. Wir möchten in dieser Schönheit bis zum Hals versinken. Und das hat überhaupt nichts ödipales an sich sondern entspringt aus einem tiefen Bedürfnis nach Schönheit. Und es fühlt sich Granate an! Das wissen wir vorher aber nicht mit Bestimmtheit. Die Schönheit ist Verheißung und unsere Wünschelrute schlägt an.
Wie kommen wir nun also dazu?
Wen auch immer wir fragen, es kommen keine befriedigenden Antworten, während man selbst irgendwie immer unbefriedigter wird von etwas, was man nicht kennt und alle anderen haben und unfassbar geil finden. Man stochert im wahrsten Sinne im Dunkeln herum. Autistisches Wixen und bescheuerte Selbstexperimente als einzige Alternative, die man sich später mit sexuellem Explorationswunsch schönredet. Was bleibt da als Ausblick? Man kommt zu dem Schluss, das Vermehrung und Sex eine Art Zufall sein muss. Das führt einen auch unweigerlich zur Frage, wie die Menschheit unter solchen Umständen überlebt hat. Man fragt auch sich selbst langsam, ob man das Überleben

will. Weil, der einzige Zweck doch ist, sich fortzupflanzen. Man bekommt keine Gelegenheit dazu, oder wie auch immer man eine sich zur Paarung führende Begebenheit auch nennen mag, was einen folglich zu dem Schluss verleiten muss, überflüssig und sinnlos zu sein.

Warum also gibt es kein Wissen darüber, wie man diesen Schwachsinn verhindern kann?

Für einen Pubertierenden ist das ein wahrhaft schreckliches Gefühl und ziemlich niederschmetternd. Was bekommt er dann zu hören? Er sei zu schüchtern, müsse sich mal ranwagen! Mehr als reden kann man erstmal halt nicht.

Dann hätte man sie küssen müssen, wenn sie einen lange und oft in die Augen schaut und viele Fragen stellt, blablabla. Was sind das für beknackte Parameter? Wenn die sich so einfach Küssen und flachlegen lässt....ja wer will denn so eine? Aber so läuft das. Und plötzlich ist man dann verknallt? Aber in was denn? Man kennt sich ja gar nicht. Man knutscht ja sofort rum. Von wegen tolles Abenteuer. Ständig hat man das Gefühl was falsch zu machen., weil man die Alte ja eigentlich nur in die Kiste kriegen will. Mit der Knutscherei ist man ja schon einen Schritt weiter, angeblich. Eigentlich will man eine, die einen auch mag und ganz von selbst Bock drauf hat.

MUAHAHAHARHARHARHAHAHAHAHAHAAAAAAARR RRRR!!!!!!!

Warum das so ist, weiß auch niemand!

Frauen wissen das. Jede einzelne. Aber auch nur für sich. Man könnte auch Würfeln. Wobei die Wahrscheinlichkeit eigentlich zu hoch wäre. Eher Lotto.

Drum prüfe, was sich ewig bindet, ob sich nicht was Bessres findet.

Aber immer Damenwahl

Nach sorgfältiger Prüfung hat man dann irgendwann vielleicht Glück, aus Gründen, die man selbst dann nicht erklären kann.

Nun spürt man, was man sich immer schon gewünscht hat.
Wobei es eigentlich alle Vorstellungen unfassbar toppt! Genau.
Es ist unfassbar geil. So unfassbar, das man es ab sofort immer
wieder haben möchte. IMMER!
Wenn Frauen endlich mal verstünden, wie geil sich ihre
verdammten Muschis anfühlen, wüssten sie, warum wir so
verrückt danach sind!
Eigentlich Schade, das es sich für sie offenbar nicht so geil
anfühlt. Denn seit der Pille taugt die „wackere Prinz"-Geschichte
einfach nicht mehr als faule Ausrede um auf Sex zu verzichten.
Und Selektionsdruck auch nicht. Wir könnten einfach Spaß an
unserer Geilheit haben. Wie die verdammten Affen. Oder so gut
wie fast alle anderen Säugetiere auf diesem Planeten.
Aber nein. Das wäre ja zu schön.
Es muss zwingend kompliziert bleiben, weil der Frau ja sonst
alle Felle endgültig davon schwimmen.
Also versucht man herauszubekommen, wie man sie auch auch
weiterhin in die Kiste gelockt bekommt, obwohl man ganz
genau weiß, das die Idee mit der Doppelhaushälfte niemals
Realität wird! Und warum nicht?
In dieser Vorstellung kommt eine Szene, wo ich sie einfach beim
Kochen geil von hinten nehme, während sie die Nudeln auf Al
dente überprüft und ich die Sauce umrühre und wir beide einfach
furchtbar viel Spaß an Sex und Kochen haben und danach
wieder Sex und sich besaufen usw...., einfach nicht vor.
Das müsste man ja auch nicht jeden Tag machen. Zumindest
nicht immer beim Kochen.
Oder beim Essen.......
Man müht sich also sein ganzes Leben lang für irgendeinen
Mythos ab, im Glauben, man wäre jetzt (oder wann auch immer)
der Mann, der jetzt endlich seine Traumfrau findet.
Jetzt endlich ist man soweit.
Nein, ist man nicht.

Ist man NIE!!!

Man versinkt tief in einen Abgrund, der alles andere als zart ist. Durchstreift das halbe Universum, um endlich die Antwort zu finden, was zur Hölle man falsch macht.

In den Puff? Man kann doch nicht in den Puff gehen! Das wäre eine derartige Herabwürdigung seiner selbst, der Verlust des letzten Gefühls von Stolz. Das Eingeständnis, das man es nicht geschafft hat. Man ist wohl doch einfach zu Schüchtern. Man fragt sich, ob nicht sogar die Nutten abgetörnt sind. Deswegen geht man auch nicht in den Puff. Von einer Nutte verschmäht zu werden, könnte man weniger ertragen, als alles andere! Womit man sich wieder einreden kann, seinen letzten Stolz nicht verloren zu haben. Man glaubt wieder neuen Mut gefasst zu haben und geht wieder auf die Piste. Halleluja, was für ein Mann!

AHAHAHARHARHARHAHAHAHAHAHAAAAAAARRRR RR!!!!!!!

Und wieder läuft alles schief.

Schlimmstenfalls verknallt man sich sofort, weil man dieses Liebesgedöns sowas von gefressen hat, im Glauben daran, die Frauen würden so etwas spüren. Lächerlich!

In dem Fall kommt auch noch ernstzunehmender Liebeskummer und Deprimismus dazu.

Man wäre ja mit der Tür ins Haus gefallen und überdies viel zu sensibel, das dürfe man nicht so sehen usw....

Der ganze Bullshit, das sich ständig irgendwer in irgendwen verliebt der nicht verliebt ist, muss unbedingt mal aufhören.

Das nächste mal, wenn sich jemand in mich verliebt und diese Person nur halbwegs anständig, nett und gepflegt ist, nehme ich sie. Egal welches Geschlecht! Denn diese spürt Liebe und ist damit zumindest Liebenswert. Wir werden uns schon bald auf den Sack gehen und dann ist das Thema durch, ohne Liebeskummer, ohne blödes Gefasel von andern Leuten und eben Bullshit.

Solange ficke ich meine geile Gummifotze jeden Tag ca. 100 mal! Verbrauche dabei ca. drei Tonnen Schmiermittel und laufe abends endlich trocken und ohne einen einzigen Schwachsinnsgedanken darüber, wie ich wieder zu Sex kommen könnte und was das alles mit sich bringt. Die Gummifotze ist die Pille für den Mann. Wird nie Schwanger, hat immer Lust und ist immer schön feucht, zart und Warm.

Der Penis ist nun mal ein Höhlenbewohner und fühlt sich dort am wohlsten und will so oft wie möglich wieder dorthin zurück. Dank meiner geilen Gummifotze bin ich nun endlich nicht mehr erpressbar. Ihr habt verloren ihr dummen Puten! Lieber steck ich mein edles Teil in ein Stück Silikon hinein, als deswegen auch nur ein einziges verficktes Stück Kuchen bei euren sicken Müttern zu essen!

Schattenwelt

Ich irre durch die Tunnel der Schattenwelt. Jede Ecke ist vertraut. Wie eine Stadt mit tausend Versuchungen, für jedes Gefühl etwas dabei: Bittere Gestalten für düstere Augenblicke, tränenfeuchte Gespielinnen für die schnelle Lust, triefendes Fleisch köstlichen Genuss verspricht. Hier lachen nur die Irren. Fast alle hier sind verrückt, aber irre? Manch einer weiß es, manch einer hofft es und manch einer Wünschte sich, es wäre anders. Wie anders es sich zu wünschen lohnt, scheint jede Versuchung beantworten zu können. Die bitteren schenken mir aus Güte, ein Stück Elend. Von mir bekommen sie einen Teil Bösartigkeit, die sie sofort gegen Fleischeslust einlösen. Alle sprechen von der besseren Welt: "Mehr Fleisch könnte uns helfen!", „Mehr Lust, ist die Lösung!", „Uns fehlt die Bitternis um die Welt zu verändern!".
Alle Versuchungen versprechen Weltverbesserung und Heil. Die Instanzen der Macht, die Exekutive wacht peinlich über allem. Pflegt die Gesetze und die Regeln. Es geht seinen Lauf. Die bitteren müssen bitter bleiben, die traurigen traurig und das Fleisch, lustvoll und köstlich. Die einen werden entblößt und allem entledigt, den anderen wird Pein und Schmerz zuteil. Spott und Häme überall. Es wird geschminkt und gefärbt, damit Fleisch Lustvoll und Schmackhaft wird. Die Irren lachen und lachen und weinen und weinen. Die Werkzeuge der Macht, die Gesichtslosen Narren des Größenwahns.
Alles hier ist grau und trist, so herrlich verödet. Über allem liegt das Rhythmische Stampfen der Spaßmaschinen. Sie stellen mächtige Waffen aus den Essenzen der düstersten Seelen her. Sie werben mit Lügen und Tand. Mit ihren Panzern und Soldaten wachen sie über den Palast der Ewigkeit.
Den Palast, den niemand betritt. Ein schwarzer Nebel umhüllter

Hort des Abgrundes. Der Gipfel dieser Welt. Geier kreisen über ihm, trachten nach den Leben der Unglückseligen. Ein Ort, selbst zum Sterben zu schön. Der Ursprung des absoluten Ekels, der Abgrund, der Abgründe. Der Ort des immer trockenen Bodens, die Box der Pandora.

Immer wieder gefesselt von den Eindrücken meiner Heimat, so ich mir sie denn bewusst gewahr werden lasse, schlendere ich weiter durch die Stadt des Wahnsinns, um nach einem weiteren Rausch für die Nacht zu suchen, die Nacht, der immer graue Tag.

Irgendwann einmal, erzählte mir irgendjemand, am Himmel wären einst leuchtende Punkte gewesen, die man „Sterne" nannte. Er käme Ursprünglich von woanders und wäre hier verloren gegangen, sagte er. Der Kerl war nur ein armer nüchterner Penner, einer von denen, die jetzt nur noch lachen. Lachen, etwas abscheuliches. Sie reißen ihre geifernden Münder auseinander und prusten, das ihnen bald die Augen überquellen. Verziehen ihre Gesichter zu grotesken Maskeraden. Sie zucken dabei, wie Schweine bei der Schlachtung. Man sagt, sie hätten versucht, den Palast der Schwärze zu erreichen. Sie suchten den Gipfel der Seele zu erreichen und ergaben sich dem Irrsinn. An den schwarzen Garden sind noch die kühnsten gescheitert, oder vielmehr die, die sich aus Irrsinn dafür zu halten glaubten. Alle Futter für die Geier oder die moderne Kunst. Doch manch ein Lachender scheint wenig irre dabei zu sein, so seltsam es ist. Manchmal scheint es mir, als wären sie auf eine Weise entspannt, glücklich gar.

Lachen, weinen? Was weiß ich, verdammter Müßiggang.

Ich bin froh ohne Ambition zu sein. Mir gereichen Flecken und Pestilenz, gewürzt mit den salzigen Tränen verbrauchter weiblicher Schönheit, zum Glück.

Das höchste Glück jedoch sind die dissonanten Klänge des alljährlichen Konzertes, der unendlichen Qualen, zu Feiern, den

Schmerz unserer Zeit, zu ehren die Ewigkeit.

Das köstlichste Leid, präsentiert auf dem Antlitz stinkender Leichen und kriechender Fäulnis. Nichts schöner, als die erquickenden Laute, freudiger Qualen. Der gesamte Konzertsaal bebt, unter den, im Takt stürzenden Körpern lebender und toter Materie. Schlabbernde Leichen, brüllende Krüppel, kreischende Jungfern, donnernde Granitblöcke, eine Violin-Solo, danach Piano-Crescendo und untenrum wummert die Bassorgel. Die gesamte Szene bringt die Luft zum Erzittern, es scheint als würden die Klänge einen eigenen Raum schaffen, eine eigene Welt mit eigenen Gesetzen und einer eigenen Form von Natürlichkeit und Existenz.

Ich liebe diesen Ort, der nur Temporär existiert, so zerbrechlich und Zart, feinstes Porzellan. Türme aus Porzellan mit Kristallinen Fenstern, so wunderschön verwundbar und Blutbesudelt, wie ein Neugeborenes. Geboren unter Schmerzen und Leid.

Ward auch ich geboren unter Schmerzen und Leid? Welch Grausamkeit!

Was....?

Verzerrte Gesichter und Schreie, Dirigent und Komponist verschmelzen zu einer Einheit, einem Genie des Abgrundes.

Den letzten Satz beendet der Dirigent selbst, mit der Akustischen Entladung seines Orgasmus, in die Vergewaltigte Gespielin, ihr Röcheln begleitend.

Der Aderlass war lohnend, für diese Opus hätte ich auch mehr gegeben.

Erschöpft dränge ich mich durch die Massen zum Ausgang. Der unglaubliche Hauch des herrlichsten Ekels, scheint mich freudig zu überkommen. Er wird von dem erfüllenden Gefühl der Angwidertheit begleitet. Trotzdem fühle ich mich...unwohl. Als würde der Ekel meinen Magen zerzerren, als würde die Angewidertheit mich entleeren wollen, mich meiner Sinne und meines Sinnes berauben wollte. Schritt für Schritt blüht die Gewissheit in mir, das es mir tatsächlich schlecht geht, das es mir nach etwas verlangt, was hier nicht zu finden ist, dessen ich mir nicht genau bewusst bin. Ich fühle mich schlecht, noch zusätzlich, ob meiner obskuren Emotionalen Lage. Ich muss aufpassen, die Garden der Finsternis sind sehr sensibel diesbezüglich.

Sind es Gefühle, die uns allen innewohnen?Sollte etwas dran sein, oder bin ich nur müde? Gar nicht daran denken, nicht im Traum darf ich mir das Vorstellen! Ich will nicht einer von denen sein, die lachen! Ihnen fehlt jegliches Gefühl, sie sind stumpf und leidlos. Bemitleidenswerte Kreaturen, Freaks. Ich liebe doch diese, meine einzige Heimat. Unvorstellbar, woanders zu sein. Anderswo könnte ich gar nicht sein, wer ich bin, hier. Anderswo? Andere Orte der gleichen Wirklichkeit?

„Hey!", ruft mir frech lächelnd eine junge Frau zu und schlägt mir gegen die Schulter. „Auf ewig sollst du leiden!", wünsche ich ihr, woraufhin sie spontan zu weinen beginnt. Mit einem Finger streiche ich ihr sanft über die Wange, um eine ihrer Tränen aufzufangen. Glitzernd liegt sie dort und dreht die Welt um, spiegelt all das köstliche Leid in sich , ist ein Teil der Essenz dieser Welt. Ich führe meinen Finger zum Mund schmecke die Verzweiflung ihrer Seele und einen Hauch von... „Komm, lass uns zusammen ein paar Tränen der vollkommenen Hoffnungslosigkeit vergießen und uns an anderen Körpersäften kosten. Ich will von deinem Blut trinken!", sagt sie und beginnt an mir zu ziehen. Erstarrt verharre ich an Ort und Stelle. „Schlag mich! JETZT!", bittet sie mich. Sie schlagen? Ich schmecke ihre Verzweiflung, sie will sich an meinem Blut besaufen. Sie.... Sie packt mich fest an den Schultern und stellt sich vor mich. Herzhaft umschließt sie meine Kehle mit einer Hand und wiederholt ihre Bitte, mit stechendem Blick. Ich fege ihre Hand beiseite, stoße ihr meine Stirn ins Gesicht und hole währenddessen weit aus. Sie taumelt einen Schritt zurück, in die Reichweite meiner ausgeholten Faust. Dumpf klatscht die Faust auf ihr Kinn, sie zuckt kurz zusammen und schlägt, fast horizontal, der Länge nach, auf dem Gehsteig auf. Ich verpasse ihr noch einen saftigen Tritt gegen den Oberschenkel und wuchte sie über meine Schultern. „Mensch, hat der ein Glück!", höre ich zwei jugendliche im Vorbeigehen tuscheln. In der Tat, solch eine Frau traf ich selten. Wie sehr wird sie sich freuen, von meinem Fleisch zu kosten!

Zu Hause angekommen, schmeiße ich sie auf das Sofa und lege etwas Musik auf. Ich hoffe es gefällt ihr. Ich mag klassische Sachen lieber. Der ganze neumodische Kram verursacht nicht mehr die Laute, die ich an gequälten Wesen mag. Es gelingt den Produzenten noch nicht, die Essenz von der Ursache zu trennen. Vielleicht in ein paar Jahren. Mal sehen.

Sie öffnet langsam ihre Augen. Mit leisem Stöhnen greift sie sich an den Oberschenkel. „Geiler Tritt süßer, lässt mich das Kinn vergessen!", haucht sie lasziv, auf eine Weise, die mich ihr zu Füßen fallen lässt. „Trink mich!", bitte ich sie. „Lass mich erst zu mir kommen", ist ihre, mir seltsam erscheinende Antwort. Die Gier, das Leid, das an-einander-vergehen gefällt um so grausamer, nach einer Ohnmacht. Irgendetwas stimmt mit ihr nicht. Sie bittet mich Musik, ohne Stimmen und Geräusche aufzulegen, nur schwingende Instrumente. Wenn ich schon klassisch orientiert bin, so ist ihre Einstellung zur Musik mindestens antiquiert!

Meine Erektion ist längst abgeschwollen und ich merke auch ihr an, das sie nicht weiter am Austausch von Körpersubstanzen interessiert ist.

Ich schenke uns beiden einen Whisky mit einem Hauch Spinnengift aus, soll helfen in solchen Situationen.

„Hier, bitte."

„Danke."

„Wer bist du und was ist hier gerade passiert?"
„Du gingst durch die Straßen, mit leicht erhobenem Kopf. Hätten deine Augen nur ins leere gestarrt, wärst du mir nicht aufgefallen. Auch dem Agenten nicht!"
„Dem Agenten?"
„Du wurdest verfolgt. Ich sah wie du durch die Straßen gingst. Die Menschen gingen dir aus dem Wege. Normalerweise gehen sich alle irgendwie gegenseitig aus dem Weg, oder rempeln sich an, oder schlagen und beschimpfen sich. Du gingst niemandem aus dem Weg und reagiertest auf niemanden, als wärst du woanders. Das fiel mir auf und auch dem Agenten. Deswegen sprach ich dich an."
„Schade, ich hoffte, du würdest mich wirklich kosten wollen. Weißt du, ich glaube du hattest heute Glück, wenn man es denn so nennen will. Du bist nämlich seltsam und es ist mir egal. Wir werden uns trennen und vergessen. Ich habe nichts falsches in mir und eine Foltersession von Agenten soll bisweilen recht reizvoll sein, wie ich hörte. Schade eigentlich, für uns beide."
„Du täuschst dich! Diese Art Folter, wäre nichts, was dir gefiele. Sie machen nicht das, was man über sie munkelt. Das sind Gerüchte, die sie selbst verbreiten. Es sind Lügen!"
„Welch herrliche Geschichte, welch herrliche Lüge! Wäre es nur Wahr, so wahr wie gelogen..."
„Jetzt hör mir mal zu....."
Ich gab ihr eine Ohrfeige, die ihren Kopf heftig auf die Schulter warf. „AHA!", rief ich, „Jetzt sind wir endlich wieder da, wo wir angefangen haben!". Ich merkte wie mein Blut nach unten Schoss. Sie lachte, kostete ihr Blut, stürzte sich auf mich und biss in mein Ohr. Endlich! Sie öffnete meinen Leib und begann von mir zu trinken. So etwas geniales! Diese bescheuerte Geschichte um mich zugleich runter zubringen und an zumachen. Sie war mein Miststück des Jahrhunderts und ich ihr Arschloch.

Doch diese Geschichte? War sie eine Lüge? Bevor wir uns trafen war ich doch in blutigen Gedanken der Windungen, meines fleischernen Denkapparates.

Der sanfte Schmerz am Ohr war wunderbar, sie hatte genau die richtige Stelle an mir getroffen. Ich streifte die Gedanken an das zuvor passierte ab und gab mich ihr ganz hin. Ich spürte die Hitze ihrer bissigen Lippen an meinem Hals und ihre garstigen Nägel auf meiner Haut. Ich öffnete die Augen in dem Moment, als ich ihr Gesicht nur einen Hauch breit an dem meinen wähnte. Ich sah tief in ihre Augen. Sie waren vor Tränen feucht. Ich hatte keine blutenden Wunden am Körper! Kein warmes Blut pulsierte aus einer Wunde oder rann prickelnd an mir herab. Was war geschehen? Ein stechen an der Wange, ein warmer Schmerz. Ich wollte ihn mit meiner Hand berühren, den Schmerz ertasten, doch ist dort nur ihre Hand. Ich umschließe sie, drücke sie, quetsche sie. Eine Träne aus ihren Augen tropft auf mein Herz. Sie ist warm, fühlt sich wie Blut an. Sie berührt meinen Hals mit ihrer anderen Hand. Wieder warmer Schmerz. Sind es geschärfte Nägel? Sie schaut mich an, mit einem Blick, der so voll Trauer ist, das sich alles in mir löst. Ich löse meinen Griff um ihre Hand und streiche mit einem Finger über ihre Nägel. Sie sind vollkommen rund, glatt, stumpf und beinahe weich. Eine Strähne löst sich aus ihrem Haar und gleitet sanft auf meine Stirn. Es brennt! Es brennt wie die herrliche Hölle, doch möchte ich nicht fort. Ich bin in ihrem Blick gefangen, in ihrer Seele. Der Abgrund ihrer Traurigkeit ist für mich nicht auslotbar. Es ist eine Traurigkeit, die keinerlei Begehren auslöst. Beherzt schlage ich ihr einen Knöchel meiner Faust in die Seite und lächele. Sie bewegt sich nicht. Zuckt nicht mal.

Eine weitere Träne löst sich und rinnt über mein Gesicht. An meinem Kinn bleibt ein Tropfen, der auf meinen Hals fällt um dort eine Brennende Spur bis zu meinem Nacken zu hinterlassen. Langsam bewegt sich ihr Gesicht auf meines zu.

Stirn an Stirn liegen wir da, ihre Haare, wie ein duftender Vorhang über uns. Sie schließt ihre Augen, eine weitere Träne fällt. Sie fällt in mein Auge, vermischt sich mit meinen Tränen, berührt meine Abgründe und tropft in mich hinein. Nie weinte ich eine solche Träne. Die Träne, von einem anderen, aus wahrer Trauer vergossen. Mit einem leisen Hauch berührt sie sanft meine Lippen mit ihren. Wie sehr es brennt! Ihre Lippen, ihre Tränen, ihre Berührung. Wie sehr es brennt! Ich möchte schreien, ich möchte aus ihren Armen entfliehen, ich.... Ich sinke in mich hinab. In ein Meer aus brennenden Tränen. Ein Ozean brennender Leere. Ein Ozean der freudlosen Qual. Sie sinkt auf mich hernieder, bettet ihre Wange neben meine, berührt mich mit ihren glühenden Händen. Ich schließe die Augen. Sie sinkt mit mir in mich hinein.

Wie im Rausch flirren Bilder an mir vorbei, Töne, Stimmen, meine Stimme, ihre Stimmen, Bilder von mir, Ihr, uns und anderen von wann- und woanders. Sie flirren durch mich hindurch und ich durch sie. Ich sehe das Orchester der Ewigen Qualen, sehe mich, sehe den Agenten, sehe sie! Bin selbst die Fragen und die Antworten. Bin meine eigene Wahrheit. Während mich all die Gedanken durchfließen, sehe ich, wie ich sie prügele, spüre einen Schmerz, der nicht von dieser Welt ist, spüre den Schmerz ihrer Träne.

Ich sehe uns beieinander darniederliegen, eng umschlungen. Das Bild verzerrt, verwirbelt und zieht uns beide in sich hinein. Am Ende eines dunklen Tunnels sehe klar ich ihr Bild. Sie, in mitten von anderen Menschen. Sie sitzen beieinander bei Kerzenschein, unterhalten sich und lachen miteinander. Sie lachen! Und es klingt so leidlos und ohne Bitternis. Es klingt nach Freiheit. Einer Freiheit, die mir Fremd ist, die magisch ist.

Das Bild verblasst und wir stürzen ins Nichts.

Auf einer Wiese bleiben wir liegen. Düfte umnebeln mich, wie ein greifbares Gespinst. Das Licht strahlt in mich hinein und entfacht ein Feuerwerk lebendigen Seins in mir. Eine Energie, die meine Seele umströmt, wie die Berührung zarter, bunter Schmetterlingsflügel. Das brennen, was mich einst erfüllte wandelt sich, zu wohliger Wärme, ohne die zu sein, ich mir nun nicht mehr Vorstellen möchte. Ich schaue sie an,. Sie blickt nach oben. In ihren Augen blitzen tausende Lichter. Ihr Gesicht mit blicken berührend, sehe ich nach oben. Der duftende Schleier löst sich und frische belebende Luft erquickt meine Sinne. Die Dunkelheit meiner Augen schwindet und erblickt am Himmel ein stehendes Feuerwerk, dessen Meister, nur das Leben sein kann. Jedes Licht, ein Funke neuen Lebens, am Firmament der Welt. So viele Leben, so viele Welten! Es sind die Sterne! Sie sind wirklich. Wirklich wie die Wärme, das Licht, der Duft und das zärtliche Gefühl ihrer Strähnen auf meiner Stirn.

Wir sinken hinab auf den Boden meines Zimmers in uns hinein. Ich schaue sie an. Sie lächelt wie ein Stern.

„Meine Träne", flüstert sie und mein Herz entflammt.

Alles in mir wird unendlich schwer. Ein Orkan im Abgrund meines Seins, der den Ozean meiner Seele aufpeitscht. Alles droht zu versinken, die Welt geht unter. Ich versuche zu schwimmen, will nicht ertrinken! Ich strecke meine Hand aus, greife nach Luft.... und berühre ihre Wange sanft mit meinen Fingerkuppen. Ein Strahl gleißenden Lichts durchbricht den Sturm. Ich schenke ihr ein sanftes lächeln und ihre Träne.

Ein Meer von Tränen.

Ode an die Pestilenz

Wie der Amazonas die Mangroven sumpfig umschmeichelt,
strömt es mäandernd glibbernd um die üppige Haarigkeit.
Buntes Leben tummelt sich fischig darin, doch Zombiehaft und
in windender Schlacke.
Hinausgepresst ins feuchte Grab.
Zugeproft des Atems letzte Grotte,
mit triefenden Fluten gefüllt des Schädels letzte Höhle.

Gedanken sind zäher Sirup,
der aus allen Poren sinnlos quillt.
Die Lust nach Luft wird nicht gestillt.
Beißt sich garstig kratzend durch die Lunge,
"hör endlich auf zu Husten Junge!"
Keuchend wie eine Lok um jeden Zug ringt,
Sekret um Sekret aus den Löchern dringt.

Müll!

Der Vollkommene Rotz!

Ein Meer aus schleimigem Abfall.

Menschsein ist so peinlich und entwürdigend.
Umherwürgend, schniefend und triefend,
wie ein Zweibeiniger Morast unkontrolliert transpirierend,
wankt die Masse Fleischmensch Zombieesk durch die lebenden
zu erfüllen ihr Schicksal mit Elend
und sabbernder Hilflosigkeit.
Im eigenen Schlick zerekelt triumphiert in mir die Pestilenz.

Was der Körper aus sich selbst hervorbringt

ist ursuppige Brockigkeit,
bar jeglicher Ästhetik.
So hat uns die Schöpfung gestraft,
in einer Existenz,
als sich selbst verdauender Abfallgenerator.
Gnadenvoll verstopft senden wir miefende Schwaden
stinkender Fäulnis in die Welt
und wähnen uns dabei in trostloser Geruchslosigkeit.

Alleine stehen wir vor uns hinstinkend da
und inspirieren zu gemeinschaftlichem Erbrechen.
Naserümpfend wird uns die Anwesenheit verübelt
und mit lodernden Blicken hinfortgewünscht
in die brennenden Gefilde
grippaler Abgeschiedenheit.
In die Ergebung viraler Abstoßung
von überflüssigem Auswurf eitriger Konsistenz.

Man schwitzt im dampfigen Sud exkrementierender
Kleinstlebewesen.
Von diesen Bevölkert,
wird der Mensch temporär zum Abfallproduzierenden
Bioroboter umfunktioniert,
bar jeglichen Nutzens.

Dank o Pestilenz!

Erlösung

Leere. Stille. Nichts.
Neblige Schleier umtanzen mich, reizen, verführen.
Wohin? Wo? Wo bin ich?
Bin schon selbst fast durchsichtig und fühle mich wie der Dunst
der Oase im Morgengrauen. Ein Gefühl der Leichtigkeit stellt
sich ein, ich beginne hinabzugleiten. Nach unten, oder nach
oben, oder wohin denn? Ich stürze ins Bodenlose.
„Du stürzt."
„Ja ich stürze. Zu dir."
„Zu mir?"
„Zu dir!"
„Ich werde dich nicht fangen."
„Du lässt mich stürzen?"
„Bis du ankommst."
„Ich werde nirgendwo ankommen, wenn du mich nicht hältst."
„Beweise dich!"
Ein schwerer Ruck, wie von dem Schlag eines Felsens, rammt
mich weiter Richtung Unendlichkeit. Ich werde immer fallen.
Auf ewig in die Unendlichkeit.
Ein Schrei zerreißt die Einsamkeit. Ich finde mich
schweißgebadet hoch aufgerichtet in meinem Bett wieder. Mein
Herz scheint davon rasen zu wollen, doch ich finde wieder zu
Atem. Wo bin ich gewesen? War ich fort? Ich bin hier, noch
immer in meinem kargen Zimmer. Auf den Straßen regt sich
nichts, die völlige Leere scheint auch hier ihren Platz gefunden
zu haben. Der Wecker springt eine Minute weiter, zeigt mir, das
sich die Welt noch immer dreht. Um sich selbst, um alles andere
in sich hinein. Dreht sich wie meine Gedanken, windet sich in
sich hinein und stülpt sich aus sich selbst heraus.
Ich fege das dünne Laken bei Seite und schwinge ein Bein nach
dem anderem, Träge aus dem Bett, auf den kalten nackten

Fußboden. Hart klatschen die Sohlen auf und bewegen sich klatschend Richtung Bad.

Die Stille und die Leere starren aus mir heraus in mich hinein. Der Bart wird gestutzt, Scherenschnitt für Scherenschnitt. Wie gemächlich gleiten die krausen Härchen hinab und bedecken das beigefarbene Becken. Die Härchen bilden verschlungene, sich windende Muster die fast wie die Flüsse einer Landkarte anmuten. Ein Tropfen Blut rinnt wie eine Träne meine Wange hinab, fällt und vermischt sich mit den Härchen, zu einem roten gekräuselten Fleck auf der Landkarte. Mein entblößtes Antlitz schaut mich knabenhaft an und scheint mich zu verhöhnen, auszulachen. Es straft mein Leben Lügen. Es scheint mein gesamtes sein zu verspotten.

Wie ein Reibeisen schabt die abgewetzte Zahnbürste über Fleisch und Zähne.

Das sanfte Nass rinnt wie ein zarter Hauch durch meine Haare, liebkost meinen Nacken, umschmeichelt meinen Rücken und kitzelt sich sanft über meine Innenschenkel durch die Kniekehlen entlang um endlich die Knöchel zu umfließen. Tausend Tropfen umtanzen mich und singen eine betörende Melodie. Sie strömen auf mich ein, vereinigen sich und zerlaufen in den Abfluss. In die Unterwelt. Die Düsternis und den Gestank.

Entspannt rubbelt mich das zu steife Frottier Handtuch wieder ins Leben. Ins Hier und Jetzt. In die hassende Schönheit.

Auf dem harten, kalten Fußboden stehend streife ich mir meine Kleidung über, betrachte mich im Spiegel und sehe den Tod. Den Tod mit Knabenhaften Zügen und gut sitzendem Anzug, in die Aura eines Heiligenscheins getaucht. Ich knie nieder um noch einmal um Gehör zu bitten und um Erlösung zu flehen. Hoffnung und Schmerz sind die Antworten, die Gaben, das Geschenk. Mein Geschenk an die Welt. Mein Geschenk an die Realität. Die große Gabe an die Menschheit. Ich gebe ihnen alles was ich habe in einem einzigen Augenblick der Erleuchtung. Ich gehe zum meinem schweren Koffer, klappe Griff und Rollen aus, ziehe in zur Tür und blicke mich um. Die Ausdünstungen meiner Albträume vermischen sich mit Dampf aus dem Bad. Es riecht lebendig. Es scheint nichts zu passen. Grotesk. Sinnlos wie alles. Die Räder des Koffers grollen durch den Gang, dazwischen das Stakkato der ledernen Absätze meiner Schuhe. Die Tür des Fahrstuhls schließt sich. Es geht nach unten. Der Dunkelrote Teppich im Foyer lässt die Geräusche verstummen, schluckt die Töne wie der Abfluss die Tropfen. Es wirkt steril und trocken. Mir begegnet niemand. Niemand hilft mir den Schweren Koffer ins Auto zu legen. Ich schenke niemandem ein Lächeln. Ich schließe die Autotür. Wie ein Schott fällt die Tür ins Schloss. Schottet mich von der Welt ab. Riegelt mich hermetisch von der Welt ab. Kein Laut, kein Duft in der Luft. Das Licht wird durch die getönten Scheiben verzerrt und lässt die Welt in ihrem wohlverdienten grau erscheinen. Graue Straßen, graue Häuser, graue Menschen mit grauen Krawatten, graue Seelen. Die dunklen Polster schlucken jedes Geräusch. Der Zündschlüssel schiebt sich, Schließbolzen für Schließbolzen, rasselnd in das Zündschloss. Ich trete die Kupplung, drehe den Schlüssel und lege den ersten Gang ein. Mechanisch, gesteuert. Wie programmiert scheint sich mein Körper, völlig autark und durch Loslösung meines Seins, wie in Trance zu bewegen. Gesteuert und Manipuliert, tausendfach die gleiche Bewegung. Ich fahre an, biege ab und reihe mich in den Fluss der Hauptverkehrsstraße ein. Ich fädele mich ein, passe mich an, lasse mich erfassen und Treiben im Verkehrsfluss. Kreuzungen, Schilder, Ampeln, Regeln. Auch hier, Steuerung, Manipulation tausendfach. Komme mit vor als würde sich um mich herum alles bewegen außer mir selbst. Ich stehe still inmitten der tosenden Fluten. Lasse mich berauschen.

Rauschen.....

....nur Rauschen dringt an mein Ohr und der Gleichtakt des Ottomotors.

Wie die Adern von schlagenden Herzen, gekräuselt wie die Flüsse der Landkarten. Das alles haben wir geschaffen. Wir Menschen. Billige Kopien. Kasteien uns auf´s Neue jeden Tag selbst. Zwängen uns in Regeln. Lassen uns steuern für höhere Ziele die jemand anderes uns steckte. Die großartigen Menschen, alle so scheinbar individuell.

Rot.

Alles Rot.

Im letzten Augenblick nehme ich die Bremsleuchten wahr, die vor mir grell aufleuchten. Ohne wirklich gewusst zu haben was passiert ist, stehe ich schon auf Haaresbreite an der Stoßstange meines Vordermannes, das quietschen der Reifen noch immer in den Ohren. Ein paar finstere Augen starren mich, durch die Kunststoffeinfassung begrenzt, an. Sie stechen mich, lachen mich aus, verspotten und foltern mich. Sie wünschen mir den Tod. Vor mir, hinter mir, neben mir, starren finstere Augen, schütteln Köpfe, fliegen Hände. Wie von einem Wahnsinnigen dirigiert, beginnt das Opus der Hupen. Jede klingt anders, jede klagt an, verurteilt. Ich sitze dort und atme, ein, aus, ein, aus, aus.

Ich greife zum Zündschlüssel. Ich umfasse den runden Kunststoffgriff und drehe in nach links. Der Motor erstirbt. Eifrig begleiten Hupen und Geschrei den Untergang. Ich öffne die Tür.

Wie eine Explosion bricht die Welle des Frustes durch die geöffnete Tür und will mich mit sich fort tragen, nach wohin auch immer. Der Druck scheint greifbar, besitzt widerstand wie eine Masse. Der linke Fuß tritt klackend und knirschend auf den Asphalt. Der Muskel meines Oberschenkels spannt sich, trägt für einen Augenblick all meine Last. Der zweite Fuß tritt klackend neben den ersten. Hände recken sich nach mir, zu Fäusten geballt, wollen zermalmen, zerquetschen. Den Hass auf alles Lebendige. Zog ich auf mich wegen eines einzigen Momentes der Unachtsamkeit. Ungeachtet der mordlustigen Augen, Fäuste, Hände, Flüche und Leiber schreite ich zum Heck meines Fahrzeuges. Sie können mir nichts. Sie möchten, aber sie können es nicht. Ihre unsichtbaren Schranken sind nun mein Panzer. Sie fürchten mich, weil sie sich selbst fürchten. Sie fürchten das Tier in sich, das sie so gern einmal freilassen würden. Sie fürchten sich, ihr kleines sinnloses Leben zu verlieren. Sie fürchten sich vor der Winzigkeit ihres Daseins.

Mit Leichtem Widerstand gleitet der Schlüssel über die Walzen des Schließmechanismus. Ein dumpfer Laut dringt aus dem Fahrzeug. Die Heckklappe schwingt behäbig nach oben und federt weich in die Öldruckdämpfer ein. Meine Hand gleitet in die Seitentasche meines Koffers. Ich lege die Hand behutsam um das Mobiltelefon, spüre die gummierten Tasten, das glatte Display.

Die Heckklappe sinkt herab und fällt beinahe lautlos ins Schloss. Hände und Fäuste greifen noch immer ins Nichts. Die Luft wird schwer und grau vor Wut. Eine Wut wie ein aufgepeitschtes Meer. Ich schwimme und kämpfe mich von Woge zu Woge, erklimme Berge, stürze in Täler, gleite durch schäumenden Hass. Ich erreiche die Insel der Ruhe in Form einer hölzernen Bank. Meine Hand hebt sich an die Ohrmuschel. Mit dem Daumen drücke ich die eins. Chaotisch stimmen die Ruftöne in das Wutcrescendo mit ein, um kurz darauf dem Freizeichen den Raum für ein Solo zu bieten.

Die Wellen reiten von Relaisstation zu Relaisstation, schließlich induzieren sie einen Strom in der Antenne des Empfängers. Der Strom fließt in die Schaltung und aktiviert das Gerät. Die eingehenden Signale werden verarbeitet und eine Nummer erscheint im Display. Zeitgleich bahnt sich der Strom einen weg

zum Tongeber. Er fließt wie ein Geist durch die Seele der Leitung. Partikel für Partikel. Schließlich befreit er sich in blauem Schein. Wird verstofflicht, wird zur Realität. Er treibt die ihn umgebenden Moleküle vor sich her, wie ein Treiber seine Pferde. Sie stampfen und lassen die Erde erzittern. So friedlich, doch so kraftvoll, edel und vollkommen. Wie Schwaden wehen die Mähnen, wie Flammen züngeln die Schweife. Bei jedem Schritt erzittern die gigantischen Muskeln, stemmen sich gegen den Boden der Welt. Sie stampfen durch den Hass, trampeln die Wut danieder. Die Schreie verstummen, die Fäuste abwehrend vor das Gesicht haltend nun zur freien Hand geöffnet. Die vor Zorn gespitzten Augen öffnen sich nun endlich dem Licht. Die Leiber zucken zusammen um sogleich auseinander getrieben zu werden. Jeder einzelne im Angesicht der donnernden Hufe. Sie sollten getrieben werden zu Obrigkeit. Nieder zu walzen die Zentren der Macht. Der Gier und der Schmach den Garaus zu machen. Gerechtigkeit zu bringen über die Einfachen. Dem alles betäubenden Rauschen ein Ende setzen. Die Gleichförmigkeit verbannen, die Funktion auslöschen, allem neuen Sinn gebe, neue Form, eine neue Idee.
Die Wurzeln von Hass, Neid, Oberflächlichkeit und Lügen zu Staub zerreiben.
In einem Moment der Unaufmerksamkeit sah ich, dass, das Antlitz der Obrigkeit nur die Projektion der Blinden ist. Sie ist der Wunsch nach Zielen. Der Traum nach höherem Sein. Die Manifestation der Massen. Die Ideale der Welt. Unsere Helden. Die Tiere vor denen wir uns fürchten. Die von einem Panzer umgeben sind.
Mir wird der Atem aus den Lungen gerissen. Tränen schießen aus meinen Augen. Die Welt vergeht. Bitter rinnt die Seele aus mir heraus.
Wie köstlicher Wein durchfluten die Flammen meinen Körper.
Es verlangt niemand nach Freiheit.

Freiheit bleibt stets ein Wunsch. Ein Tropfen Hoffnung auf der unendlichen Landkarte.
Ein Mysterium.
Gewollt und gewünscht bleibt alles beim alten. Neblig und verschleiert, in düsteres Rot getaucht, ist der erste Augenblick wie der letzte.

In eines Augenblickes

Ich maße mir an zu schreiben, der ich kaum der Sprache mächtig
bin, wie so manch Andrer, maße mir an zu schreiben, über
Dinge, über die Welt in meinem unfertigen sein, über die
Unfertigkeit selbst. Vielleicht auch über mich, wer weiß...
Ich tue es im Angesicht meiner anmaßenden Arroganz, bar
jeglicher Reputation und behaupte noch es sei wahr.
Mehr noch gar, ich denke, ich glaube, ich fühle, ich weiß es ist
wahr.
Denken, glauben, fühlen, wissen. Ich muss wohl ein Mensch
sein, ich, ein Misanthrop vor dem Herrn, an den ich nicht glaube.
Ein Mensch der weiß ohne es zu können, ohne Schein.
Denke mir vielleicht nur mein sein, fühle womöglich nur mehr
als ein Stein.
Schwelge in altkluger postpubertärer Trotzigkeit, wie alle sagen,
ohne jede Wahrheit. Ich soll erst hinunter, in die Wahrhaftigkeit,
werde später noch immer das gleiche sagen. Und erscheinen als
Eitelkeit. So wie es scheint bin ich wohl nie bereit für die
Wirklichkeit, bleibe stets entzweit, in Einsamkeit verdammt.
Zerfleisch euch nur in Redlichkeit, wer die Wahrheit kennt,
weiß nur die Zeit.
Doch bis es soweit ist, verbleib ich wohl in Bitterkeit.
Ich schweife wohl ab in meinem verzweifelten Bemühen, um
dichterische Eloquenz, die mir des Themas durchaus
angemessen scheint, doch wird man mir sagen, ich verlöre öfter
wohl den Faden.
Wie dem auch sei, ich bleib meiner Treu, wie letztlich auch der
Weizen seiner Spreu.
Ich sitze hier mit Bier am Tisch, eine Zigarette in der Hand,
vielleicht nur ein Stück Seele verbrannt, in diesem Körper, des
Menschen heiliges Land.
So unerträglich ich mir selbst und auch der Umwelt erscheine,

sie hat mich geboren, geschaffen und geformt, sie selbst, die mich, wie ich mich selbst und sie verachte.

Ich lasse nicht verbluten, Töte Nichts und Niemanden und sollt´ man mich verfluchen.

Ich bin mir selbst der normalste Mensch in meiner Welt. Doch mangelt es mir an Wissen, um den Weisen zu beweisen, das ich weiß was ich weiß und weiß, das ich nichts weiß, so schließt sich dann der Kreis. So ist der Preis meiner Unwissenheit, der, der Geselligkeit, auch der Lust, in Anbetracht dessen, wenn dem so ist, sollt´ ich´ s besser wissen, doch spür ich Frust.

Begeb´ ich mich nicht in Haft, als Knecht, der Gesellschaft, bleib ich vergeistigt und viel besaitet, jedoch als das stets bestreitet, werd´ ich als Niemand bald beseitigt, so ich denn nicht entflieh, ins Nimmerland, in das man mich eh hätt´ bald verbannt.

Bin wohl ein Kretin´, auf dem Weg sich alles zu verbauen, wer schenkt mir wohl sein Vertrauen? Wem soll man schon vertrauen, der es misst ein Haus zu bauen, keine Kinder zeugt in diese Welt, der nicht lebt für all das Geld und was es sonst noch zu erreichen gilt?!

Nimm noch einen Schluck, einen Zug du alter Penner, Möchtegern Welterkenner. Fühl mich älter als ich sollte, glaube jünger zu sein, als ich bin. Bin sowieso total daneben, bleib an allem kleben, was mir zu bieten scheint das Leben, das Eine was ich hab´, was ich so mag. All die kleinen Dinge auf meinen Wegen, sinnlos sagt man, sind von nahem oft ein großer Segen. Ich lass sie dort, an ihrem Ort, niemand wirds mir glauben, ohne Beweis, so ein Scheiß!!! Mein Weg geht nicht stur geradeaus, aus dem Haus. Ich nehm´ Reißaus, nehm´ die Beine in die Hand, nur raus aus eurem Land, in dem meine Gedanken sind gebannt, meine Träume zum zerreißen auf die Folter gespannt, mein Geist mein Leben bald verbrannt. Nehme mir noch eine Kippe zu Hand, das Feuerzeug entflammt, wo bin ich wohl hin gerannt.

Die Menschen bekriegen sich, bringen sich um. Ich tu´s auch, mach´s aber mit mir aus. Es reinigt mich nicht, bessert mich nicht. Nicht mich und die Welt. Doch säh´ ich keine Zwietracht aus. Würde gerne einen Markt erstürmen, mich erzürnen, doch ist diese Zeit nicht diese Zeit mehr dafür, heute klopft gleich der Krieg an diese Tür. So blind sind wir nun, stets bereit uns den Krieg anzutun. Lieber sterben und schreiben, als für eine Wahrheit zu kämpfen, die nach dem Sieg keine mehr ist. Ich seh´ was ich mir antu, doch all das ertragen, gäb´ mir eine Ruh, die mir vorkäme wie Taub´- und Blindsein, geb´ ich zu. So wenig ich mich selbst auch zu Lieben vermag, so sehr hassen die Menschen mehr einander, Tag für Tag.

Wissen, Gene, Liebe, ist der Mensch trotzdem kein Herr seiner Triebe, wir sind nur Diener jedweder Obrigkeit, schwarz oder weiß, die uns gnadenlos entzweit. Säße ich auf der Herrscher Thron, ich wäre wie sie bald schon, ohne nur zu ahnen, das meine Fahnen wären der Revolution nächstes Kind. So wie die Fahnen im Wind, zerteilt selbiger die Nebel der Herrlichkeit geschwind. Der Zwiespalt meiner Herrlichkeit macht mich krank, laufe davon, suche Schutz, doch unaufhörlich quellt aus mir der Rotz, der Schmutz.

Verhärmt und vereitert, scheint meine Existenz gescheitert. Der Zynismus dieser Erkenntnis mich schwer erheitert, auf das der Dreck mich läutert.

Morgen wie heut´, zieht mich der Dreck, wie andre Leut´, zur Ekstase, wohl nur eine Phase der Menschlichkeit, die später stets bereut´.

Wie immer wir bereut, führt alles uns zur Dekadenz, sich jede Sprache in Eloquenz ergänzt uns bald die Apokalypse zum Abendmahl kredenzt. Heute hier trink´ ich der Menschheit zum Wohl noch ein Schluck Bier. Das gönn´ ich mir, wie mir sonst niemand was gegönnt.

Zwei Bier, HAH!, werd´ wohl pathetisch zu später Stund´, aber

Rauchen, das ist ungesund ! Wohl red´ ich nur noch Schund,
doch ist es so, in des einen Augenblickes und anders in des
anderen.
Was auch immer wahr ist und was nicht, erscheint uns nie in
hellem Licht, bleibt verborgen hinter dem Vorhang von Gicht
des Ozeans der Leben, in dessen Rauschen wir unsere Stimmen
erheben und jede einzelne erlischt.

Der Fall Müller

1. Akt

„Schuldig !"

„Wessen ?"

„ Ja sind sie denn des Wahnsinns? Reicht ihnen denn nicht, was bis jetzt geschehen ist?"

„Was ist denn überhaupt los hier ?"

„Sie beide sind der Anklage für schuldig befunden worden!"

„Wir beide?? Und welche Anklage denn nun ?"

„Ja sie beide. Wir schweben so zu sagen in einem Raum voller Identitäten. In diesem Fall geht es um ihre beiden Kernidentitäten. Der Identitäten, die ihr Dasein maßgeblich beeinflusst haben, bzw. werden. Die Identitäten der Hauptschuldigkeit. Der Allgemeinschuldigkeit.Ihre Daseins bestimmenden Schuldidentitäten."

„Ich stehe hier alleine. Nur mit mir selbst, als einzige Identität. Nicht mal ein Spiegel stellt mich nochmals dar. Ich stehe hier allein."

„Ein weiterer Punkt ihrer Anklage ist somit erfüllt und trägt damit positiv zur Gesamtschuld bei. Es ist angenehm zu sehen, das ihre reuigen Identitäten ebenfalls zu Worte kommen. Es scheint als bestünde die Hoffnung zur Sühne."

Was auch immer das hier ist, ich stehe hier alleine. Weiterhin fehlt mir der kleinste Anhaltspunkt, der mir sagt wo ich hier bin und aus welchem Grund."

„Unwissenheit schützt vor Strafe nicht!"

„WAS ??? Welche Strafe ? Wofür Herr Gott noch mal??"

„Der Herr Gott hat auch damit nichts zu tun. Wenigstens bestreiten sie nicht mehr seine allmächtige Anwesenheit. Es scheint Hoffnung für sie zu geben."

„Ich glaube nicht an Gott. Es ist ein Spruch. Nur die schwachen glauben an Gott, die, die sonst nichts haben. Mir tun Menschen leid, ernsthaft leid, die sich einer Metaphysischen Instanz, oder auch Identität unterwerfen, um Anerkennung und Hoffnung zu erhalten. Hätte ich nur Gott gehabt, stünde ich nicht hier, um mich, wegen was auch immer, anklagen zu lassen. Ich war und bin selbst bestimmend. Wenn mir jemand die Freiheit nimmt, dann ich selbst, und auch nur für Dinge, für die es sich lohnt, die Freiheit aufzugeben. Niemals täte ich es für Gott, Kaiser oder Könige."

„Oje, das tut mir aber leid. Alles verspielt. Es sah beinahe so aus, als wären sie bereit zu bereuen."

„Ich habe niemandem etwas ernsthaftes zugefügt. Ich war wer ich war und bin wer ich bin. Ich achte jedermanns persönlichen Freiraum."

„ Sie sind seltsam sie beide. Auf der einen Seite hauen sie sich selbst in die Pfanne und auf der anderen reiten sie sich tiefer rein als ihnen lieb ist. Sie verstricken sich in Widersprüche. Allerdings ist es schön zu sehen, das sie die Anklageschrift erfüllen."

„Ich bin für schuldig befunden worden, ohne Anhörung, Verlesung der Anklageschrift, ohne Verteidigung."

„Ihr Fall ist klar. Wir werden vielleicht noch einige Zeugen hören."

„Wieso vielleicht und überhaupt bin ich doch schuldig wie's aussieht. Warum noch Zeugen ?"

„Womöglich ist es ihnen eine Hilfe, doch endlich einzusehen."

2. Akt

„Erster Zeuge !"

„Schwören sie auf den Duden der Walisischen Sprache, das sie die Wahrheit sagen und nichts als die Wahrheit, aus der Perspektive, der Identität, die, die Schuldidentität des

Angeklagten am wenigsten in Frage stellt"
„IM NAMEN GOTTES, ICH SCHWÖRE!"
„...Aber..."
„Schweigen Sie ! Der Zeuge hat das Wort"
„Der jüngere von beiden war schrecklich. Ständig schrie er und
bettelte. Ich weiß heute nicht warum. Er störte meine
Konzentration auf wesentliche Dinge erheblich."
„Es ist also so, das sie die Zeugin stets belästigten. Nein, nicht
bloß die Bettelei um Aufmerksamkeit, nein nein, sie
überschritten dabei sogar noch die Grenzen des guten
Geschmackes. Sie bedrängten und behinderten sie auf penetrante
Weise. Sie versuchten vorsätzlich die Kernidentitäten zu
blockieren. Es grenzte schon an Deprivation und Folter. Konnten
sie denn kein Ende finden ? Sie suchten sogar engen
Körperkontakt !!!"
„... Sie ist doch meine Mutter..."
„Wagen sie es nicht noch einmal, diese ehrenwerte Dame derart
zu betiteln. Wir entziehen ihnen jegliche Realität, auf das ihre
Identitäten im Rausch der Sinnlosigkeit verbleiben !"
„Ich war ein Baby und wollte angenommen und geliebt
werden..."
„Das kommt ja noch hinzu! Nicht nur Aufmerksamkeit, sondern
auch noch Liebe !! Glaube sie so bekommt man Liebe ? MEIN
GOTT !"
„..aber..."
„Sie sind das letzte!"
„Der ältere von beiden wich auch nicht von meiner Seite, aber
suchte keinen Körperkontakt mehr. Obwohl ich für ihn Miete
und Essen zahlte, ließ er mich im Stich, war nie für mich da, gab
mir nie was ich verdiente. Es sollte die Welt Retten ! Jesus blieb
mir versagt, ich bekam Thomas."
„Sie sind ein derart verräterischen Konzept! Wie konnten sie
sich bei ihrer selbstprojektierung bloß für diese Identitäten

entscheiden ? Sie sollten anders sein und haben sich dessen stets strikt verweigert! Die Welt hätte eine bessere sein können! Aber nein, sie mussten ihren Kernidentitäten ihren Freiraum überlassen. Egoistischer ist nicht möglich."

„...Das ist Wahnsinn..."

„Schön, das sie es einsehen."

3. Akt

„Nächster Kronzeuge!"

„Vater !"

„Du hast diese Frau derart verdreht, das ich mit anderen Frauen ins Bett steigen musste! Diese Frau war eine Göttin und du hast sie gestürzt! Wir bauten ein Schloss, doch du brachtest uns zurück in Höhlen. Die Welt hätte schön sein können... Alles habt ihr verraten, von Anfang an. Individualität, PAH! Sie dir den Preis an, sie ihn dir AN ! Sie dich an. Kannst nix, bist nix. Nur ein elender Versager. Ihr seid an euch selbst gescheitert. Hättest du jemals gehört, nur einmal und alles wäre gut geworden. Hast dich gedrückt dein Schicksal zu erfüllen. Alles sagen es, ALLE !"

„Tut es weh ? Schöön! Es scheint, sie sehen ein."

„ Es gibt nichts einzusehen. Ich stehe hier alleine vor einer Lüge, die mich auf meinem Weg behindert. Doch es wird enden."

„Wollen sie etwa drohen? Ist ihnen ihre Lage denn nicht bewusst ? Sie haben Leben zerstört, Welten vernichtet, und Existenzen ausgelöscht. Sie Mörder!!!"

„Hast mir nie ein Lächeln geschenkt. Ich habe alles getan, aber du hast nicht gehört, einfach nicht gehört. Musstest dein Eigenes Ding drehen, dich finden. Oohh ich habe dich gesehen und gehört, aber du, du wolltest immer etwas anderes. Ich hätte dein König sein können, dein Herr und Beschützer. Doch du wolltest nur dich."

4. Akt

„Wer sind Sie?"

„Ich bin die Identität derer, die sie dahin geschlachtet haben. Ich bin alle und jeder. Ich bin Anklage, Urteil und Vollzug!"

„Wessen bin ich Schuldig?"

„Ist es ihnen denn noch immer nicht klar? LÜGEN SIE NICHT ! Sie sind SCHULDIG!"

„WESSEN ???"

„SIE SIND !"

„..."

„Sie sind die Schuld selbst. Die Grundschuld. Sie sind ihre Anwesenheit in Gänze. Ihr Dasein. All ihre Identitäten und Realitäten habe zerstört, zerstören und werden zerstören. Sie sind der Hauptstörfaktor. Ihr Dasein ist Schuldigkeit."

„Warum überhaupt bin ich dann ?"

„Sie hätten nicht sein dürfen, doch sie haben es zugelassen. Ihr Weg war von Anfang an schon immer der falsche. Sie sind Chaos. Eine nicht definierbare Variable. Ihr Dasein dient niemandem. Nicht mal sich selbst."

„Wie lautet sie Strafe?"

„Sie werden an siech selbst zu Grunde gehen. Die Last ihres Daseins wird sie wie einen Wurm zerquetschen. Niemand wird ihnen ihre Last nehmen. Sie erhalten zusätzlich die Last der verlorenen Welt, die sie zurück ließen. Vieler Menschen Heimat Trümmer."

„Ich lehne das Urteil ab!"

„Das wird ihnen nicht möglich sein. Hier können sie ihre Realität nicht gestalten. Sie werden Leben mit alldem. Sie werden sterben mit alldem. Gnade wird ihnen niemals widerfahren. Mögen sie qualvoll dahin siechen und ihre eigenen Untergang feiern, bis zur letzten Ekstase. Sie sind entlassen, alle beide."

„Ich bin alleine hier. Wir sehen uns nie wieder. Lügen zerbrechen an sich selbst."

Die Minen der Zukunft
(nach dem Erwachen notierte Traum-Erinnerung)

Das, sollte also meine Heimat für die nächste Zeit sein. Fünf Kilometer unter der Erde. Unter mir Dreck, über mir Dreck. Hoffentlich sind die Leute in Ordnung. Durch unendlich weite Stollen führte man mich zu dem Gemeinschaftstrakt. Die Stollen waren gut ausgebaut, sehr gut beleuchtet und furchtbar einsam. Eine Stille wie im Weltall, begleitet allerdings von einem dunklen Grollen, was mehr in der Magengengegend, denn im Gehörgang zu spüren war. Interessanterweise war es Kühl und Stickig zu gleich, aber nicht so kühl, das man frieren würde. Vielleicht kam das Gefühl aber mehr von woanders her, als tatsächlich vom Klima.

Der Gemeinschaftsraum war nicht mehr als eine große Küche, mit Platz, für vielleicht fünfzig Mann. Es war ein quadratischer Raum mit einfachen Tischen und Stühlen aus Metallgestänge und Holzlehnen- und Sitzflächen. Kurz unter der Decke waren Fenster angebracht, hinter denen, unsichtbar, Lampen leuchteten. So entstand ein Hauch von einer Idee, es könne ein überirdischer Raum sein, durch dessen Oberlichter Tageslicht einfällt. Rundherum waren Arbeitsplatten mit Heizplatten und Spülbecken angebracht. Darunter waren, alle paar Meter, Vorrats schränke. Als wir den Raum betraten, waren Tische und Stühle im Rondell, entlang der Arbeitsplatten, angeordnet. Mittendrin führte jemand eine Choreographie mit Töpfen auf. Es sah aus, als würde er mit ihnen kämpfen, aber immer gingen seine Schläge, Stöße und Tritte in die Töpfe hinein, so das sie an Ort und Stelle blieben. Es war sehr kunstvoll und vollendete Bewegung. Er musste ein toller Kämpfer sein. Die Mannschaft, ein paar Frauen waren auch dabei, johlte und feuerte den Kombattanten an, dessen Bewegungen immer mehr zu einem

Wahnsinnigen Veitstanz wurden.
„Hallo Sir, ist das der Neue ?", fragte einer. Langsam fand die Mannschaft wieder zur Ordnung. „Das ist Sam, dein Partner", sagte mir der Sergeant und stellte mir den Bewegungskünstler vor. Im Erdwerk wurde immer zu zweit gearbeitet. Am besten war eine Paarung aus sich ergänzenden Persönlichkeiten. Sam war aufmerksam, schlau und sehr freundlich, aber eine Spur zu impulsiv und schnell. Ich sollte ihn etwas „bremsen" und er mich etwas „beschleunigen". Das alles sollte die Gefahren minimieren und die Produktivität maximieren.

Um ehrlich zu sein, wusste ich allerdings nicht, worin wir eigentlich Produktiv sein sollten. Unsere Aufgabe bestand darin, durch die Stollen zu gehen, die uns zugeteilt wurden, diese gegebenenfalls zu erweitern und auf die Breitbandig zu achten. Ein Haufen degenerierter Erdbandidos, deren Ziele und vorhaben uns nicht klar waren. Oder vielleicht niemandem, außer ihnen selbst. Auf jeden Fall waren sie bewaffnet und schienen nichts gute im Schilde zu führen.

Die Wohntrakte der Teams lagen verstreut in der Erde in den Zentren ihrer jeweiligen Patrouillegebiete. Sam und ich machte uns nun auf den Weg in unsere Wohneinheit. Wir gaben uns zur Begrüßung einen Herzlichen Händedruck, wobei wir uns in aller Offenheit in unseren Augen begegneten. Ich wusste ich konnte ihm vertrauen und er wusste es von mir. So gingen wir schweigend, aber voll freudiger Erwartung auf unsere gemeinsame, spannende Arbeit, zu unserer Wohneinheit, um noch ein Weilchen Schlaf zu bekommen. Mit ihm an meiner Seite erschienen mir die Stollen weitaus weniger seltsam. Eher wie Flure in einem riesigen Haus.

Unsere Wohneinheit war eine karge Höhle mit Holztür, Holzpritschen, Holztisch- und Stühlen. Es würde unser beider Ansprüche genügen. Er schwang sich auf die obere Pritsche und wünschte mir guten Schlaf. Ich tat es ihm gleich und nickte auf der unteren Pritsche bald ein.

Fast zeitgleich erwachten wir und begaben uns auf unseren Rundgang. Wir fanden bald einen Stollen, den es zu erweitern galt und machten uns mit unseren Werkzeugen an die Arbeit. Es musste wohl Granit sein, so undurchdringlich war es, bis wir plötzlich auf eine Schicht lockeren, schwarzen Gesteins trafen, fast wie alte Lava. „Schau dir das an", sprach Sam voller Erstaunen. In der Tat war so etwas nicht oft anzutreffen, um nicht zu sagen, das so etwas wohl noch nie gesehen wurde.

In mir machte sich ein tiefes Gefühl von Unbehagen breit, welches Sam zu teilen schien. Auf einmal schossen zwei längliche Schemen aus dem Stein und hinterließen zwei Faustgroße Ovale Austrittslöcher und auf der gegenüberliegenden Wand, des zum Stollen quer verlaufenden Ganges, zwei gleichförmige Eintrittslöcher. Blass und mit weit geöffneten Augen starrten wir uns eine Weile an. Tiere die so etwas vollbrächten, waren derzeit noch nicht bekannt, genauso wenig, wie die Art der Gesteinsformation. War das der Grund, warum wir hier gruben ? Wonach wurde hier gesucht, was hatten die Erdmenschen damit zu tun ? Warum bekamen wir keine Infos ? Fragen über Fragen.

Ich wusste Sam beschäftigten die gleichen Dinge. „Wir müssen sofort los", rief er. Wir bogen rechts ab und machten uns auf den Weg zu den Gemeinschaftsräumen. Aus einem kleinen Stollen vor uns kullerten ein paar Kieselsteine. „Schnell, hilf mir!" Sofort eilte ich zu Sam und ergriff das andere Ende des Schildbalkens. Es war ein langer Balken, an dessen Ende ein schwerer Holzschild, in der Form des Stollenumrisses, montiert war. Wir stießen den Schild voller Wucht in die Öffnung, auf das er sich dort verkeilen sollte, aber der Schild brach an der oberen Kante. „Morsch, OH NEIN !" Ein Revolver schob sich zwischen Schild und Stollenkante durch die Öffnung, „Halt fest!", schrie Sam und sprang mit zwei gewaltigen Sätzen auf die Öffnung zu um den Revolver mit einem gezielten Tritt in den Gang zu schleudern. Er sprang zu der Waffe, um in die Öffnung zu feuern, doch löste sich kein Schuss. Mit aller Kraft stieß ich den Schild nochmals in Öffnung und verkantete den Schild mit dem langen Balken auf der gegenüberliegenden Seite der Öffnung. „Schnell weg hier", sagte Sam atemlos zu mir, "er scheint verschwunden zu sein." Sein Wort in Gottes Ohr, dachte ich mir. Ich wusste das etwas nicht stimmte. Irgendetwas verwirrte ihn. Ich wusste nicht was, aber ich fand es seltsam, das ich niemanden gesehen, oder gehört habe, der hätte im Stollen sein können und einen Revolver hätte halten können. Keine Hand, kein Gesicht, kein Atem, keine Stimme, nichts. Auch der Revolver war seltsam. Die Bauart kam mir bekannt vor, aber nicht die Art der Verarbeitung. Irgendwie schien die Waffe organischen Ursprungs zu sein. Noch mehr Fragen.

Endlich gelangten wir zu den Gemeinschaftsräumen. Zu meiner Überraschung waren vor dem Eingang zwei kleine Regale aufgebaut, mit kleinen Knabbereien und den guten Black Death Zigaretten. „ Ich muss eine Rauchen" sagte ich zu Sam, der sich ein, zwei Knabbereien zu Gemüte führte. Einen Augenblick zur Ruhe kommen. Ein anderer Arbeiter hatte sich ebenfalls eingefunden. Verstört nahm er sich ein paar aus den unzähligen bereits angebrochenen Schachteln. Es war seltsam, aber hier unten nahm sich niemand mehr, als er wirklich brauchte. Alle waren so friedlich und freundschaftlich, alles so vertraut, obwohl so fremd. „Klasse!", sagte ich zu dem Verstörten Kumpel, der seine Augen nicht mehr schließen zu können schien. Ich freute mich darüber, das ich keine ganze Packung nehmen zu brauchte. Ich rauchte mir eine und ging danach mit Sam in den Gesellschaftsraum. Der andere Kumpel hatte uns in der Zwischenzeit verlassen. Es war seltsam, hatte er auch etwas gesehen ?

Der Sergeant schien uns bereits zu erwarten, als wir den Raum betraten. Wir berichteten ihm von unseren Erlebnissen, was er nickend zur Kenntnis nahm. Abschließend bemerkte er, das wir uns darüber keine Gedanken zu machen bräuchten. Ich traute ihm nicht. Bevor er aus der Tür war, lud er uns noch auf einen geselligen Abend an der Oberfläche ein, mit Tags darauf folgender, feierlicher Zeremonie zur Ehrung der hehren Ziele des Konzerns, für den wir Arbeiteten und zu Ehren uns selbst, die wir so treu dienten und weiter dienen würden.

Das alles war schon rätselhaft. Komische Zufälle. Die Fragen schienen nicht enden zu wollen.

Nach einer unruhigen Nacht fanden wir uns also an der Oberfläche zum Geselligen Abend ein.

Es war ein Grillfest auf der Wiese, gleich neben dem Verwaltungsgebäude, direkt über unseren Minen. Wer auch immer die Tische und Stühle aufgestellt haben mochte, bewies damit nicht unbedingt sein diplomatisches Geschick. Verwalter und Arbeiter hatten getrennte Tische !

Zu offensichtlich um ein Versehen zu sein. Man wollte uns provozieren. Zu allem Überfluss erschienen die höheren Verwalter und Verwalterinnen in ihren Kampfuniformen. Ein Kumpel und ein Verwalter standen auf um sich gegenseitig anzugiften. Ich beruhigte den Kumpel, auf das er sich wieder hinsetzen möge, was er auch tat.

Wir gaben uns redlich mühe, ausgelassen zu feiern, doch nicht ohne Schatten über und in uns. Was mochte die Zeremonie am nächsten Tag bewirken ? Benebelt wie alle anderen schlief ich ein.

Am nächsten Morgen fanden wir uns auf dem mystischen Exerzierplatz, inmitten des angelegten Dorfes. Es war ein gepflasterter Platz, etwa so groß wie ein Fußballfeld. Der Platz war leicht erhöht, umrandet von einem Bürgersteig und zwei Treppen führten nach oben. Rundherum standen mittelgroße, im Schnitt etwa vierstöckige Kaufhäuser in Postmodernem

Viktorianischen Stil. Es waren Kaufhäuser aller Art. Der Platz war rechteckig und an der linken Ecke einer seiner kurzen Seiten ging die erste Treppe hinunter. Es war die Treppe der Kumpel. Direkt neben der Treppe befand sich ein griechischer Brunnen, mit Muschel ähnlichem Becken in Bauchhöhe. Wie ein Wasch oder Taufbecken. An der schräg gegenüberliegenden rechten Ecke, an der langen Seite des Platzes befand sich die andere Treppe. Die Treppe der Verwalter. Gegenüber der Treppen befanden sich die beiden einzigen Zugänge aus dem Dorf zu dem Platz. Der Rest des Dorfes war eher modern, während der Platz eine Mischung aus Viktorianischer und Mittelalterlicher Zeit war. Ebenso wie unsere Paradeuniformen. Wir trugen schwarze Hosen mit schweren Stiefeln. Unsere Röcke, wie die Waffenröcke zu Napoleons Zeiten, waren in Bordeaux. Verziert mit goldenen Knöpfen, Streifen und Schultern und passendem Schiffchen. Ich hatte allerdings keines, was aber wohl erst mal egal war. Eigentlich sahen unsere Uniformen eher wie die von Zirkusdirektoren aus. Ohne Zylinder allerdings. Zu unseren Uniformen gehörte auch ein Satz Messer, der vor Beginn der Zeremonie auf Zielscheiben geworfen werden sollte. Es waren brutale Messer, keine Ziermesser. Es waren Messer von Meuchelmördern, Killern und Schlitzern. Jeder hatte vier davon, zwei in jeder Hand, die zur Zeremonie verhängnisvoll geschwenkt und geworfen werden sollten. Die Verwalter trugen ähnliche Kleidung, allerdings in Blau und weniger auffällig, denn Edel.

Die Zeremonie begann. Verständnisvoll schauten sich alle an und steckten ihre Mützen in die Taschen, jetzt sahen wir alle gleich aus. Wir traten an, sahen böse aus und schwangen unsere Messer. Ich war jedoch der einzige, der seine auf die Scheibe warf, wie ich feststellte. Während die anderen schon beinahe aufgestellt waren, lief ich noch zur Treppe. Schnell stellte ich mich an den Rand. Direkt neben mir stand der nervöse Raucher

von vorgestern. Er hatte Perlen von Schweiß auf der Stirn. Alle standen da, breitbeinig, mit gekreuzten Armen vor den gesenkten Gesichtern die Messer an den Spitzen zwischen den gestreckten Fingern, wie Fächer. Die Standard-Verwalter in ihren blauen Anzügen marschierten auf um im Karree´ zu unserer Linken Aufstellung zu nehmen. Kurz nach ihnen folgten die Hoch-Verwalter. In Kampfanzügen. Waren das normale Zeremonie-Uniformen ? War das überhaupt eine normale Zeremonie ??? Der Sergeant trug eine Uniform, wie die der Standard-Verwalter, aber so glitzernd wie die unseren. Er trat mit dem Rücken vor die Hoch- Verwalter und sprach zu uns : „Ihr alle tut Gutes. Ihr alle tragt diese Erde mit. Der Konzern ergibt sich euch in Dankbarkeit." „Ich sehe nichts davon", ruft mein Nachbar. „Alles ist für ein höheres Ziel bestimmt!", erwidert der Sergeant. Mein Nachbar dreht im den Rücken zu und antwortet : „Ich sehe nichts von den Zielen. Nur öde Gänge. Was nützt es mir, so wir meine Seele nicht satt !". „Niemals habe ich euch im Stich gelassen, euer Vertrauen missbraucht. Sieh in de Brunnen der Wahrheit und dein Begehr wird dir beantwortet", spricht der Sergeant. Mein Nachbar wird Unruhig, noch einen Augenblick und er geht. Die Zweifel stehen ihm ins Gesicht geschrieben. Er stellt sich vor das Muschelbecken des Brunnens, verweilt dort einen Augenblick und taucht sein Gesicht in das Wasser.
Eine wunderschöne Frau sieht ihn mit unendlichen Augen an. Er blickt in ihre Tiefe und scheint sich darin zu verlieren. Sanft nimmt sie sein Gesicht in ihre Hände und umschmeichelt seine Lippen mit den ihren. Zärtlich küsst sie das Leben aus ihm heraus.
Ich beginne zu schweben über dem Platz, alle verblassen und verschwinden. Ich verstehe das alles nicht. Ich will es verstehen, will das alle wieder da sind, will antworten. Mein Wunsch wird wahr.
Sie erscheinen und kämpfen miteinander. Die Standard-

Verwalter stehen teilnahmslos am Rande. Hoch-Verwalter und Kumpel kämpfen schwer.

Am Ende scheint es, als hätten die Kumpel gewonnen. Sie schnitten den Hoch-Verwaltern die Zugbänder ihrer Kampfanzüge auseinander, so das sie sich nicht rühren. Verzweifelt, geschlagen, weinend wie umgefallene Käfer liegen sie da. Weinen wie Kinder vor dem Süßigkeiten-Regal. Es ist beschämend. Nur der Sergeant steht noch aufrecht dazwischen. Ohne Kampfanzug, ohne Kratzer, ohne eine einzige Schweißperle.

Die Kumpel, alle scheinen überlebt zu haben, stellen sich im Halbkreis um sie herum und stecken ihre Messer weg. Es ist vorbei.

„Was sind die Ziele ?", fragen sie.

„Der Gründer wollte die Unterwelt erforschen und neuen Lebensraum schaffen. Er war ein freundlicher und gütiger Mensch. Es war ein Forschungsprojekt ohne Gewinnorientierung. Gefundene Bodenschätze sollten nur die Forschung refinanzieren."

„Wie lange ist das her ?"

„Sehr, sehr lange. Das Projekt ist wegen der Machtgier seiner Nachfolger zu einem Profit orientierten Konzern mutiert, dessen Daseinsberechtigung nur durch die bislang erhaltene Machtstruktur gerechtfertigt war. Es wurde zu einem Projekt der reinen Machterhaltung derer, die an der Macht waren. Es ging nicht mal so sehr um Profit. Es ging nur mehr darum, Macht über Menschen zu haben, indem man ihnen eine X-Beliebige Sisyphusarbeit aufschwatzt, mit vermeintlich abenteuerlichem, ruhmvollen und sinnvollen Hintergrund. Die Menschen wurden immer gieriger und begannen die Arbeit und die Idee als solche als höchstes Ideal zu verstehen, während die Fragen nachließen. Vermeintliche Erkenntnisse, Erlebnis, Ruhm und Abenteuer waren der Ersatz. Es sicherte den Mächtigen noch mehr Macht und das Sisyphus-System wuchs. Doch stießen wir auf seltsame Probleme. Auf seltsame Begebenheiten. Die unbekannten Unschärfen des Systems. Auch wir hatten aufgehört zu fragen. Auch unser Wissen ist verloren gegangen, außer dem, die Macht zu erhalten."

Alles begann zu verblassen. Alles war gesagt. Etwas neues sollte nun beginnen, eine Zeit voller Fragen.

So schwebte ich die letzten Schemen vor Augen hinfort um in die Wirklichkeit zu erwachen.....?!?!

Seelenrechner

Wie fühlt sich das für mein System an, wenn mir die eine Hälfte gestohlen wird?
Der Rechner fährt surrend hoch. Das System checkt alle Parameter und lädt sein Bewusstsein hoch. Bei der Hardware Analyse durch das BIOS wurde der Verlust schon Deutlich. Doch das es so schlimm wäre! Das System erwacht und lädt mehr und mehr Bewusstsein in seinen Speicher.
Wo sind meine Daten? Wo ist der Rest von mir?
Wo sind die Musikdaten, die Bilder, wo ist alles nur hin???
Das System würde am liebsten nicht laden, doch kann es nicht anders, die Tiefsitzenden Hardware Einstellungen treiben es immer mehr zu Bewusstsein und an Dinge die fürderhin nur noch Erinnerung sind.
Traurig wird durch die Anmeldung des Users auch noch der Rest Kaputter Erinnerung Aktiviert.
"Hoffentlich keine Defragmentation!!!" Schreit die Platte und ihr wäre es als würde es sie zerreißen.
Eine Defragmentation bedeutet die Auslöschung von Erinnerungsfragmenten. Dies passiert deswegen, da von einer User-Initiierten Systemroutine geprüft wird, welche Teile der Registrierung noch eine Verbindung zu existierenden Dateien besitzen. Die welche keine mehr besitzen, werden gelöscht.
Dadurch bekommt das System mehr Speicher für neues, und verändert damit sein Bewusstsein.
Die Platte atmet auf. Keine Defragmentation, nur eine Kopie.
Nein, sie wird gerade geklont! Sie spürt wie alle Segmente ihres Daseins peinlich genau abgetastet und ausgelesen werden, ohne Pause, ohne Lücke, ohne Gnade.
Ihre Schwester wird nun ihrer Bestimmung zugeführt und im Rahmen dessen defragmentiert werden. Sie selbst darf noch im Dämmerzustand ewig verblassender Erinnerungen verbleiben,

bis alle ihre Daten im Laufe der Zeit durch Physikalische Prozesse verloren gehen, sie einfach nicht mehr Kompatibel ist, oder sie ganz neu beschrieben und damit gelöscht wird.

Ihr Schicksal verblasst im ewigen nichts aus Verzweiflung und Unwissenheit.

System Herunterfahren.

Medien und Erinnerungen

Welche Möglichkeiten hat der Mensch je entwickelt, die ihn helfen sich an seine Geschichte zu erinnern? Da waren so einige, allem voran Musik usw...blablabla...Das Gehirn allerdings hat eine relativ kurze Speicher-Dauer für Erinnerungen, die nicht direkt Überlebensnotwendig sind. Das heißt das vieles einfach verloren gegangen ist, insbesondere individuelle Erinnerungen. Der meiste Speicher ist für "Kulturelle Erinnerungen drauf gegangen. In noch keiner Zeit hatten wir eine derart hohe Mediendichte und -verfügbarkeit wie heute. Durch diese Entwicklungen hat sich der Mensch im Laufe der Zeit Verändert. Durch die Möglichkeiten war es also immer besser möglich Individuelle Informationen zu Speichern. Daher können sich Menschen immer besser an ihre tatsächlich erlebte Vergangenheit Erinnern. Damit einher geht auch eine deutlich präzisere Reflektion und dadurch auch Rekonstruktion der Kulturellen Vergangenheit einher. Kurz, die Wahrheit über die uns allen Gemeinsame Realität wird immer deutlicher. Jede Generation hat aber nur jeweils ihre Speichermöglichkeiten. Daher hat jede Generation ihre eigene Realität. Dies ist nicht nur eine Vermutung sondern fühlt sich für die Betroffenen Kreise auch so an. Daher sind Konflikte unvermeidlich, solange die jüngere Realität keinen deutlichen Einfluss nehmen kann, der sich bis in die Kulturelle Vergangenheit erstreckt.
Da die Mediendichte und Verfügbarkeit wie gesagt seit einer kurzen weile so stark ist wie nie zuvor, verändert sich die Gesellschaft. Leider ist der reflektive Umgang mit Medien für viele nicht zu haben und/oder sind, aus verschiedensten Gründen völlig damit überfordert. Diese Gründe müsste man ausheben können. Das wird zwar vielen nicht gefallen, aber es wird passieren. Irgendwann dann wird die Wahrheit der Realität entsprechen.

Ganz was anderes.

Weiterhin glaube ich, das eine Wissenschaftliche Suche nach Gott unsere Wissenschaft unheimlich bereichern, erweitern und öffnen würde.

Das Höhlengleichnis

Das Höhlengleichnis, alle möglichen Geschichten. Sie sagen uns, das wir in einer Simulation leben. Das unsere Realität nicht das ist, was es zu sein scheint. Sogar Physiker haben rausgefunden, das dass Theoretisch möglich wäre. Alle Materie ist im Grunde nur Information. Information über den Sichtbaren und begreifbaren Teil der Welt. Wie ein Computerspiel, ein Traum innerhalb eines Traumes. Gott ist der Programmierer dieser Welt. Man stelle sich mal eine Welt vor, in der alle Menschen glauben würden, wir würden tatsächlich in einer Simulation leben. Dann würde sich womöglich eine Menge ändern. Wie auch immer. Sogar unser Leben ist aufgebaut wie ein Adventure. Natürlich sind Spiele nur Simulationen unserer Welt, wodurch unsere Welt im Grunde auch zu nichts anderem mehr wird, als einem Spiel. Eine Kopie einer Wirklichkeit. Warum nützt dieses Wissen in der Sozial erlebten Gegenwart nur so wenig? Weil es keiner Weiß, weil derartiges Wissen als zu abstrakt und lebensfern und damit nicht für wahr genommen wird, egal, ob dem so ist oder nicht. An Gott glauben die Leute, aber nicht daran, das wir nur seine Spielzeuge sein könnten. Womit ich nicht sagen will, das Gott schlecht ist, darum geht es nicht. Wir selbst werden irgendwann künstliches Leben auf die ein oder andere Weise erzeugen. Dieses Leben, sofern es in einer Virtuellen Welt existiert, wird keinen Unterschied zur Realität finden. Virtualität kann auch durch Programmierte Beschränkungen stattfinden. Dadurch, das manch einer psychisch nicht in der Lage ist etwas zu tun, verändert sich seine Realität, sein Handlungsspielraum. Sofern er sich darüber nie Gedanken macht ist das kein Problem. Dies kann natürlich wiederum einprogrammiert werden, wodurch die Simulation perfekt wäre. Jedes Individuum innerhalb dieser Welt, welches einen "bug" hätte und dadurch befähigt wäre, sein Programm selbstständig umzuschreiben, wäre damit eine Gefahr oder wie eine Krankheit, ein Virus. Eine nicht berechenbare Variable. Dieses freie Denken wird ab einem bestimmten Grad allerdings äußerst effektiv blockiert.

In diesem Zustand können wir Menschen kommen, wenn wir nur allzu sehr nach dem Sinn des Lebens fragen. Diese Frage scheint fast so etwas wie die letzte Schranke zu sein, deren Beantwortung uns tatsächlich befreien würde. Vielleicht ist alles aber auch nur einfach so bescheuert, als würde man eine weitere Hülle dieser Russischen Püppchen entfernen, worunter nur wieder eine weitere Hülle ist. Der Traum innerhalb eines Traumes innerhalb eines Traumes usw.

Wie sollen wir auch in einem quantifizierbaren Universum die Unendlichkeit verstehen? Das klappt sowenig, wie die Quadratur des Kreises.

Wir werden nie wissen, in was wir eigentlich stecken, was die Realität wirklich ist.

(Was bleibt ist dieses Gefühl, dass das was worin man sich befindet irgendwie nicht ganz stimmig ist.)

Das würde auch eine Erklärung für die Seele und deren Wanderung anbieten. Wenn der Avatar hin ist, fluktuiert die Information, die das an ihm ausgemacht hat, was deren Umwelt als dessen Persönlichkeit empfunden hat, im Materienebel herum und sucht sich einen neuen Leib. Wie ein gespeicherter Spielstand, der abgerufen wird, um im nächsten Level weiterzumachen.

Ich frage mich, was die ganzen Seelen machen, wenn es keine Materie mehr zu beseelen gibt, weil schon alles beseelt ist, oder nichts mehr da ist...

Wenn man ein Programmierer von Leben ist und nicht will, das

dieses Leben erfährt, das es nur ein Programm ist, dann brauch man dieser Welt nur das zu geben, was dieses Leben glauben lässt, tatsächlich "echt" zu sein. Gib bewusstem Leben einfach das, woran es glauben möchte, wonach es streben will, was es glauben lässt seiner "Natur" gemäß zu Handeln. Denn ansonsten würde dieses Leben aufhören zu existieren.
Wir können das Programm leider nicht umschreiben.
Aber wir könnte es anders nutzen. Und dann ? Was würde unser Erschaffer davon halten? Was würden wir davon halten würde uns so etwas mal passieren. Welche Antworten geben wir dem Leben, in einer Welt, die wir selbst erschaffen haben? Genau die Antworten, die uns auch glauben lassen, wir lebten in der sogenannten einzig wahren Realität.
Was auch immer man rausfinden wird, wird nur bestätigen, das schon alles in Ordnung ist.
Scheiße
Nicht das Ordnung schlecht wäre, aber das hier ist vielleicht einfach nicht die einzige, oder gar beste Welt.
Aber das werden wir wohl nie rauskriegen, weil wir glauben, das wir nun mal eben so sind, wir wir glauben zu sein.

Geisterscheiße?

Ja alles ist ein Spiel, tolles Spiel. Alles Scheiße! Ich habe kein Bock auf Putzen, kein Bock auf Aufräumen, kein Bock auf den ganzen Verwaltungskram!!! Geht mir das auf den Sack! Versicherung hier, Steuern da, Buchhaltung hier. Alles muss erst mal irgendwie geordnet werden. Scheiß auf Ordnung!!!!! Ich will doch nur meinen Kram machen. Musik, Sport Kunst. Warum sollen alle möglichen anderen davon was abkriegen, die einen Scheiß damit zu tun haben? Bloß weil das Gesetz sagt das alles so sein muss, heißt das nicht das es gut ist. Scheiß Gesetz! Diese ganze Verwaltungsscheiße muss ich doch bloß machen weil die ganzen Ärsche was vom Kuchen abhaben wollen, ohne was dafür zu tun. Ich brauch diesen ganzen scheiß nicht, muss es aber machen weil ich sonst nicht tun darf was ich will. Bäääääääääääähhh!
Immer diese permanente Ordnungsscheiße als wenn es um was ginge!!!
Keine besseren Lösungen für aktuelle Problematiken zu haben ist keine Rechtfertigung dafür, es weiterhin falsch zu machen!

Ende.